Marguerite Duras, 1914 in Indonesien geboren, lebt seit 1932 in Frankreich. Bisher erschienen von ihr Theaterstücke, Drehbücher, Romane und Erzählungen, die zum größten Teil auch ins Deutsche übersetzt wurden: Zuletzt hatte ihr autobiographischer Roman *Der Liebhaber* großen Erfolg.

Vollständige Taschenbuchausgabe 1989
Droemersche Verlagsanstalt Th. Knaur Nachf., München
Lizenzausgabe mit freundlicher Genehmigung des Carl Hanser Verlags.
Titel der Originalausgabe »La Doleur«
Copyright © 1985 by P.O.L.
Aus dem Französischen von Eugen Helmlé
Copyright © 1986 by Carl Hanser Verlag, München, Wien
Umschlaggestaltung Manfred Waller
Umschlagfoto Camera Prers Ltd., London
Druck und Bindung Elsnerdruck, Berlin
Printed in Germany   5   4   3   2   1
ISBN 3-426-01505-6

Marguerite Duras:
Der Schmerz

Inhalt

I

II

Für Nicolas Régnier
und Frédéric Antelme

I

Der Schmerz

Ich habe dieses Tagebuch in zwei Heften in den blauen Schränken von Neauphle-le-Château wiedergefunden.

Ich habe keine Erinnerung daran, es geschrieben zu haben.

Ich weiß, daß ich es getan habe, daß ich es war, die es geschrieben hat, ich erkenne meine Schrift wieder und Einzelheiten dessen, was ich erzähle, ich sehe den Ort wieder vor mir, die Gare d'Orsay, die Wege und Strecken, doch ich sehe mich nicht beim Schreiben dieses Tagebuchs. Wann sollte ich es geschrieben haben, in welchem Jahr, um welche Tageszeit, in welchem Haus? Ich weiß nichts mehr.

Sicher und einleuchtend ist nur, daß es mir undenkbar erscheint, daß ich diesen Text während meines Wartens auf Robert L. geschrieben habe.

Wie habe ich diese Sache schreiben können, die ich noch nicht zu benennen vermag und die mich erschreckt, wenn ich sie wieder lese. Wie habe ich diesen Text jahrelang in diesem Landhaus liegen lassen können, das im Winter regelmäßig überschwemmt wird.

Das erste Mal denke ich wieder an ihn, als mich die Zeitschrift Sorcière *um einen Jugendtext bittet.*

Der Schmerz *ist eines der wichtigsten Dinge in meinem Leben. Das Wort* ›Schrift‹ *wäre nicht zutreffend. Ich stand vor Seiten, die gleichmäßig voll waren von einer außergewöhnlich gleichmäßigen und ruhigen kleinen Handschrift. Ich stand vor einer phänomenalen Unordnung des Denkens und des Fühlens, an die ich nicht zu rühren wagte und der gegenüber ich die Literatur als beschämend empfand.*

Gegenüber dem Kamin das Telefon, es steht neben mir. Rechts die Tür zum Wohnzimmer und zum Flur. Am Ende des Flurs die Eingangstür. Er könnte auf direktem Wege zurückkommen, er würde an der Eingangstür läuten: »Wer ist da?« »Ich bin's.« Er könnte auch sofort nach seiner Ankunft in einem Durchgangslager anrufen: »Ich bin zurückgekommen, ich bin im Hotel Lutetia wegen der Formalitäten.« Es gäbe vorher keine Anzeichen. Er würde anrufen. Er würde ankommen. Das sind Dinge, die möglich sind. Immerhin kommen welche zurück. Er ist kein Sonderfall. Es gibt keinen besonderen Grund, warum er nicht zurückkommen sollte. Es gibt keinen Grund, warum er zurückkommen sollte. Es ist möglich, daß er zurückkommt. Er würde klingeln: »Wer ist da?« – »Ich bin's.« Es passieren noch ganz andere Dinge auf diesem Gebiet. Sie haben endlich den Rhein überschritten. Die Nahtstelle von Avranches ist endlich geplatzt. Sie sind endlich zurückgewichen. Ich habe schließlich bis zum Ende des Krieges gelebt. Ich muß aufpassen: es wäre nicht ungewöhnlich, wenn er zurückkäme. Es wäre normal. Man muß sich davor hüten, daraus ein Ereignis zu machen, dem etwas Außergewöhnliches anhaftet. Das Außergewöhnliche ist unerwartet. Ich muß vernünftig sein: ich erwarte Robert L., der zurückkommen soll.

Das Telefon klingelt: »Hallo, hallo, haben Sie eine Nachricht?« Ich muß mir sagen, daß das Telefon auch dazu da ist. Nicht auflegen, antworten. Nicht schreien, man solle mich in Ruhe lassen. »Keine Nachricht.« – »Nichts? Keinen Hinweis?« – »Keinen.« – »Wissen Sie, daß Belsen befreit worden ist? Ja, gestern nachmittag . . .« – »Ich

weiß.« Schweigen. Soll ich noch fragen? Ja. Ich frage:
»Was halten Sie davon? Ich werde allmählich unruhig.«
Schweigen. »Sie dürfen nicht den Mut verlieren, Sie müssen durchhalten, Sie sind leider nicht die einzige, ich
kenne eine Mutter von vier Kindern . . .« – »Ich weiß,
entschuldigen Sie bitte, ich muß noch irgendwohin, auf
Wiedersehen.« Ich lege den Hörer auf. Ich habe mich
nicht von der Stelle bewegt. Man darf nicht allzu viele
Bewegungen machen, das ist vergeudete Energie, man
muß alle Kräfte für das Martyrium aufsparen.

Sie hat gesagt: »Wissen Sie, daß Belsen befreit worden
ist?« Ich wußte es nicht. Wieder ein Lager mehr, das
befreit ist. Sie hat gesagt: »Gestern nachmittag.« Sie hat es
nicht gesagt, aber ich weiß es, die Listen mit den Namen
werden morgen früh ankommen. Ich muß hinuntergehen,
die Zeitung kaufen, die Liste lesen. Nein. In den Schläfen
spüre ich ein Klopfen, das stärker wird. Nein, ich werde
diese Liste nicht lesen. Außerdem probiere ich das System
der Listen seit drei Wochen aus, es ist nicht sehr geeignet.
Und je mehr Listen es gibt, je mehr davon erscheinen
werden, um so weniger Namen werden auf diesen Listen
stehen. Bis zum Schluß werden welche erscheinen. Er
wird nie draufstehen, wenn ich sie lese. Der Augenblick
kommt, wo ich mich bewegen muß. Aufstehen, drei
Schritte machen, ans Fenster gehen. Die medizinische
Fakultät, da, wie immer. Die Passanten, wie immer, sie
werden auch in dem Augenblick ihren Weg gehen, in dem
ich erfahre, daß er nie mehr zurückkommen wird. Eine
Todesanzeige. Man hat in diesen Tagen damit begonnen,
die Leute zu benachrichtigen. Es klingelt: »Wer ist da.« –
»Eine Fürsorgerin vom Bürgermeisteramt.« Das Klopfen

in den Schläfen geht weiter. Ich müßte dieses Klopfen in den Schläfen abstellen. Sein Tod ist in mir. Er schlägt an meine Schläfen. Man kann sich da nicht täuschen. Das Klopfen in den Schläfen abstellen – das Herz zum Stillstand bringen – es beruhigen – es wird sich nie von allein beruhigen, man muß ihm dabei helfen. Die Maßlosigkeit der Vernunft abstellen, die flieht, die den Kopf verläßt. Ich ziehe meinen Mantel an, ich gehe hinunter. Die Portiersfrau ist da: »Guten Tag, Madame L.« Sie sah heute nicht anders aus als sonst. Die Straße auch nicht. Draußen, April.

Auf der Straße schlafe ich. Die Hände tief in den Taschen vergraben. Die Beine schreiten aus. Die Zeitungskioske vermeiden. Die Durchgangslager vermeiden. Die Alliierten rücken an allen Fronten vor. Vor einigen Tagen war das noch wichtig. Jetzt hat das keine Bedeutung mehr. Ich lese die Heeresberichte nicht mehr. Es ist völlig überflüssig, sie werden jetzt vorrücken bis ans Ende. Das Licht, das volle Tageslicht auf dem Nazigeheimnis. April, es wird im April geschehen sein. Die alliierten Armeen brechen über Deutschland herein. Berlin brennt. Die Rote Armee setzt ihren siegreichen Vormarsch im Süden fort, sie sind über Dresden hinaus. An allen Fronten rückt man vor. Deutschland auf sich selbst gestellt. Der Rhein ist überquert, daran bestand kein Zweifel. Der große Tag des Krieges: Remagen. Danach hat es angefangen. In einem Graben, den Kopf zur Erde gewandt, die Beine angezogen, die Arme ausgestreckt, stirbt er. Er ist tot. Zwischen den Skeletten von Buchenwald hindurch das seine. Es ist warm in ganz Europa. Auf der Landstraße, neben ihm, kommen die alliierten Armeen vorbei, die vorrücken. Er ist seit drei Wochen tot. So ist es, genau das ist passiert. Ich habe eine Gewißheit. Ich gehe schneller. Sein Mund ist halb geöffnet. Es ist Abend. Er hat an mich gedacht, bevor er starb. Der Schmerz ist so groß, er erstickt, er hat keine Luft mehr. Der Schmerz braucht Platz. Auf den Straßen sind viel zu viele Leute, ich möchte in einer großen Ebene vorwärtsgehen, allein. Kurz bevor er starb, hat er sicherlich meinen Namen gesagt. An allen Landstraßen Deutschlands entlang liegen welche in ähnlichen Stellungen wie die seine. Tausende, Zehntausende und er. Er, der zugleich enthalten ist in den Tausenden anderer und losgelöst für mich allein von den Tausenden anderer, völlig verschieden, allein. Alles, was man wissen kann, wenn man nichts weiß, weiß ich. Sie haben damit begonnen, sie zu verlegen und dann, in letzter Minute, haben sie sie getötet. Der Krieg ist eine allgemeine Größe, die Notwendigkeiten des Krieges, der Tod, ebenfalls. Er ist gestorben und hat dabei meinen Namen gesagt. Was für einen anderen Namen hätte er auch sagen können? Jene, die von Allgemeinheiten leben, haben nichts mit mir gemein. Niemand hat etwas mit mir gemein. Die Straße. Es gibt im Augenblick in Paris Leute, die lachen, vor allem junge. Ich habe nur noch Feinde. Es ist Abend, ich muß nach Hause, um am Telefon zu warten. Auf der anderen Seite ist ebenfalls Abend. Im Graben nimmt die Dunkelheit zu, sein Mund ist jetzt im Finstern. Rote Sonne über Paris, langsam. Sechs Jahre Krieg gehen zu Ende. Es ist die große Sache des Jahrhunderts. Nazi-Deutschland ist vernichtet. Auch er im Graben. Alles ist am Ende. Unmöglich, daß ich aufhöre zu gehen. Ich bin mager, trocken wie Stein. Neben dem Graben das Brückengeländer des Pont des Arts, die Seine. Es ist genau rechts vom Graben. Die Finsternis trennt sie.

Nichts mehr auf der Welt gehört mir, nur noch dieser Leichnam in einem Graben. Der Abend ist rot. Es ist das Ende der Welt. Ich sterbe gegen niemand. Natürlichkeit dieses Todes. Ich werde gelebt haben. Es läßt mich gleichgültig, der Augenblick meines Todes läßt mich gleichgültig. Ich komme nicht zu ihm, wenn ich sterbe, ich höre auf, ihn zu erwarten. Ich werde D. Bescheid sagen: »Es ist besser, wenn ich sterbe, was würden Sie mit mir anfangen.« Geschickt werde ich lebendig für ihn sterben, und wenn dann der Tod eintreten wird, wird es für D. eine Erleichterung sein. Ich stelle diese niederträchtige Berechnung an. Ich muß nach Hause. D. wartet auf mich. »Keine Nachricht?« – »Keine.« Man fragt mich nicht mehr, wie es mir geht, man sagt nicht mehr guten Tag zu mir. Man sagt: »Keine Nachricht?« Ich sage: »Keine.« Ich setze mich aufs Sofa, neben das Telefon. Ich schweige. D. ist unruhig. Wenn er mich nicht anschaut, sieht er besorgt aus. Seit acht Tagen schon lügt er. Ich sage zu D.: »Sagen Sie etwas zu mir.« Er sagt nicht mehr zu mir, daß ich durchgedreht bin, daß ich nicht das Recht habe, alle Leute krank zu machen. Jetzt sagt er höchstens noch: »Es gibt keinen Grund, daß nicht auch er zurückkommt.« Er lächelt, auch er ist mager, sein ganzes Gesicht verzieht sich, wenn er lächelt. Ich habe das Gefühl, daß ich es ohne die Anwesenheit D.s nicht aushalten könnte. Er kommt jeden Tag, manchmal zweimal am Tag. Er bleibt da. Er knipst die Lampe im Wohnzimmer an, er ist schon eine ganze Stunde da, es muß so gegen neun Uhr abends sein, wir haben noch nicht zu Abend gegessen.

D. sitzt weit von mir entfernt. Ich starre einen festen Punkt jenseits des schwarzen Fensters an. D. sieht mich an. Darauf sehe ich ihn an. Er lächelte mir zu, doch es ist nicht echt. Letzte Woche kam er noch zu mir, nahm meine Hand und sagte zu mir: »Robert wird wiederkommen, das schwöre ich Ihnen.« Jetzt weiß ich, daß er sich fragt, ob es nicht besser wäre, wenn er aufhörte, mir noch Hoffnungen zu machen. Manchmal sage ich: »Entschuldigen Sie bitte.« Nach einer Stunde sage ich: »Wie kommt es nur, daß ich noch keine Nachricht habe.« Er sagt: »Es gibt Tausende von Deportierten, die noch in Lagern sind, bis zu denen die Alliierten noch nicht vorgedrungen sind, wie soll man Sie da benachrichtigen?« Das dauert lange, bis zu dem Augenblick, in dem ich D. bitte, er solle mir schwören, daß Robert zurückkommen wird. Darauf schwört D., daß Robert L. aus dem Konzentrationslager zurückkommen wird.

Ich gehe in die Küche, ich stelle Kartoffeln auf. Ich drücke meine Stirn gegen die Tischkante, ich schließe die Augen. D. macht keinerlei Geräusch in der Wohnung, man hört nur das Rauschen des Gases. Man könnte meinen, es sei tiefe Nacht. Mit einem Mal stürzt sich die Gewißheit auf mich, die Nachricht: er ist seit vierzehn Tagen tot. Seit vierzehn Nächten, seit vierzehn Tagen verlassen in einem Graben. Die Fußsohlen in der Luft. Über ihm der Regen, die Sonne, der Staub der siegreichen Armeen. Seine Hände sind geöffnet. Seine Hände, jede teurer als mein Leben. Von mir gekannt. So nur von mir gekannt. Ich schreie. Sehr langsame Schritte im Wohnzimmer. D. kommt. Ich spüre um meine Schultern zwei sanfte, feste Hände, die meinen Kopf vom Tisch wegziehen. Ich lehne mich an D., ich sage: »Es ist entsetzlich.« – »Ich weiß«, sagt D. – »Nein, Sie können es nicht wissen.« »Ich weiß«, sagt D., »aber versuchen Sie es, man kann alles.« Ich kann nichts mehr. Arme, die um einen gelegt sind, das erleichtert. Man könnte fast glauben, daß es manchmal besser geht. Eine Minute atembarer Luft. Wir setzen uns hin, um zu essen. Sofort wieder der Brechreiz. Das Brot, das er nicht gegessen hat, wovon er so wenig hatte, daß er starb. Ich möchte, daß D. geht. Ich brauche den leeren Platz wieder für das Martyrium. D. geht. Die Wohnung knarrt unter meinen Schritten. Ich lösche die Lampen, ich gehe in mein Schlafzimmer. Ich gehe langsam, um Zeit zu gewinnen, um die Dinge in meinem Kopf nicht zu bewegen. Wenn ich nicht achtgebe, werde ich nicht schlafen. Wenn ich überhaupt nicht schlafe, geht es mir am nächsten Tag viel schlechter. Ich schlafe jeden Abend neben ihm ein, im schwarzen Graben, neben ihm, dem Toten.

April

Ich gehe ins Auffanglager Orsay. Ich habe große Mühe, dem Suchdienst der Zeitung *Libres*, den ich im September 1944 gegründet habe, Einlaß zu verschaffen. Man hat mir entgegengehalten, daß es kein offizieller Suchdienst sei. Das B.C.R.A.* ist bereits dort untergebracht und will niemandem seinen Platz überlassen. Zuerst habe ich mich unerlaubterweise eingenistet, mit falschen Papieren, falscher Erlaubnis. Wir haben zahlreiche Informationen sammeln können, die in *Libres* erschienen sind, über Transporte, über Lagerverlegungen. Eine Menge persönlicher Nachrichten. »Sagen Sie der Familie Sowieso, daß ihr Sohn noch lebt, ich bin bis gestern mit ihm zusammen

---

* Bureau Central de Renseignements et d'Action = Zentralbüro für Auskünfte und Aktion. Eine Art Gegenspionage der Widerstandsbewegung.

gewesen.« Man hat uns vor die Tür gesetzt, meine vier Kolleginnen und mich. Das Argument lautet: »Alle wollen hier sein, das ist unmöglich. Hier werden nur die Sekretariate der Gefangenenlager zugelassen.« Ich wende ein, daß unsere Zeitung von fünfundsiebzigtausend Eltern von Deportierten und Kriegsgefangenen gelesen wird. »Es ist zwar bedauerlich, doch die Vorschriften verbieten jeder nicht offiziellen Einrichtung, sich hier niederzulassen.« Ich sage, daß unsere Zeitung sich von den anderen unterscheidet, daß es die einzige ist, die Sonderdrucke von den Namenslisten herausbringt. »Das ist kein ausreichender Grund.« Ein höherer Offizier der Repatriierungsmission aus dem Ministerium Fresnay spricht mit mir. Er sieht sehr beschäftigt aus, er ist reserviert und besorgt. Er ist höflich. Er sagt: »Ich bedaure.« Ich sage: »Ich werde mich zur Wehr setzen und nicht aufgeben.« Ich gehe weg in Richtung auf die Büros. »Wo gehen Sie hin?« »Ich werde versuchen, daß ich bleiben kann.« Ich versuche, mich durch eine Reihe Kriegsgefangener hindurchzuschlängeln, die die ganze Breite des Korridors einnimmt. Der höhere Offizier zeigt auf die Gefangenen und sagt zu mir: »Wie Sie wollen, aber passen Sie auf, sie sind noch nicht desinfiziert. Wenn Sie heute abend noch da sind, muß ich Sie auf jeden Fall rauswerfen, so leid es mir tut.« Wir haben einen kleinen, weißen Holztisch gefunden, den wir am Eingang aufstellen. Wir befragen die Kriegsgefangenen. Viele kommen zu uns. Wir bekommen Hunderte von Informationen. Ich arbeite, ohne aufzublicken, ich denke an nichts anderes, als die Namen richtig zu schreiben. Von Zeit zu Zeit kommt ein Offizier, der sich stark von den anderen unterscheidet, jung, im khakifarbenen Hemd, sehr herausgeputzt, mit

18

vorgestreckter Brust, und fragt uns, wer wir sind. »Was ist denn das, der Suchdienst? Haben Sie einen Passierschein?« Ich zeige ihm einen falschen Passierschein, er fällt darauf herein. Dann kommt eine Frau von der Repatriierungsmission: »Was wollen Sie von denen?« Ich erkläre ihr, daß wir sie um Informationen bitten. Sie fragt: »Und was machen Sie mit diesen Informationen?« Es ist eine junge Frau mit platinblondem Haar, marineblauem Kostüm, dazu passenden Schuhen, dünnen Seidenstrümpfen, roten Fingernägeln. Ich sage, daß wir sie in einer Zeitung veröffentlichen, die *Libres* heißt und die Zeitung der Kriegsgefangenen und der Deportierten ist. Sie sagt: »*Libres*? Dann sind Sie kein Ministerium (*sic!*)?« Nein. »Haben Sie das Recht, das zu tun?« Sie wird abweisend. Ich sage: »Wir nehmen es uns.« Sie geht weg, wir fragen weiter. Die Dinge werden für uns dadurch erleichtert, daß die Kriegsgefangenen ungewöhnlich langsam vorankommen. Zwischen dem Augenblick, in dem sie aus dem Zug steigen und dem Augenblick, in dem sie vor dem ersten Büro ankommen, dem Büro für die Ausweiskontrolle, vergehen zweieinhalb Stunden. Bei den Deportierten dauert es noch länger, weil sie keine Papiere haben und weitaus erschöpfter, in den meisten Fällen am äußersten Ende ihrer Kräfte sind. Ein Offizier kommt zurück, fünfundvierzig Jahre, enge Uniformjacke, sehr knapper Ton: »Was soll das?« Wir erklären noch einmal. Er sagt: »Es gibt bereits einen ähnlichen Dienst im Auffanglager.« Ich erlaube mir: »Wie lassen Sie den Familien die Nachrichten zukommen? Es ist doch bekannt, daß gut drei Monate vergehen, bevor alle geschrieben haben können.« Er sieht mich an und lacht schallend: »Sie haben nicht begriffen. Es geht nicht um Nachrichten. Es geht um Auskünfte über die Nazi-Greuel. Wir tragen Unterlagen zusammen, wir legen Akten an.« Er entfernt sich, kommt dann zurück: »Wer sagt Ihnen denn, daß die Ihnen die Wahrheit sagen? Was Sie da tun, ist sehr gefährlich. Sie wissen sicherlich, daß sich Milizionäre unter ihnen verstecken?« Ich antworte nicht, daß es mir gleichgültig ist, wenn die Milizionäre nicht verhaftet werden. Ich antworte nicht. Er geht weg. Eine halbe Stunde später kommt ein General geradewegs auf unseren Tisch zu, hinter ihm ein erster Offizier und die junge Frau im marineblauen Kostüm, ebenfalls im Offiziersrang. Im Polizeiton: »Ihre Papiere.« Ich zeige sie. »Das reicht nicht aus. Sie können meinetwegen im Stehen arbeiten, aber diesen Tisch will ich hier nicht mehr sehen.« Ich wende ein, daß er nicht viel Platz einnimmt. Er sagt: »Der Minister hat ausdrücklich verboten, einen Tisch in der Ehrenhalle (*sic!*) aufzustellen.« Er ruft zwei Pfadfinder herbei, die den Tisch wegtragen. Wir arbeiten im Stehen. Von Zeit zu Zeit kommt Musik aus dem Radio, es ist ein gemischtes Programm, mal Swing, mal patriotische Melodien. Die Reihe der Kriegsgefangenen wird länger. Von Zeit zu Zeit gehe ich an den Schalter hinten im Saal: »Immer noch keine Deportierten?« – »Keine Deportierten.« Uniformen auf dem ganzen Bahnhof. Frauen in Uniform, Repatriierungsmissionen. Man fragt sich, wo alle diese Leute herkommen, diese tadellosen Kleider nach sechs Jahren Besatzung, diese Lederschuhe, diese Hände, dieser hochmütige, schneidende, immer verächtliche Ton, sei es voller Wut, voller Entgegenkommen, voller Liebenswürdigkeit. D. sagt zu mir: »Sehen Sie sich die genau an, vergessen Sie sie nicht.« Ich frage mich, wo sie herkommen, warum sie plötzlich bei uns sind, vor allem aber, wer sie sind. D. sagt zu mir: »Die

Rechte. Das ist die Rechte. Was Sie da sehen, ist das gaullistische Personal, das seine Plätze einnimmt. Die Rechte hat den Krieg überstanden und sich im Gaullismus wiedergefunden. Sie werden sehen, daß sie gegen jede Widerstandsbewegung sein werden, die nicht unmittelbar gaullistisch ist. Sie werden Frankreich besetzen. Sie halten sich für das schützende und denkende Frankreich. Sie werden Frankreich lange Zeit vergiften, man wird sich daran gewöhnen müssen, mit ihnen zu tun zu haben.« Wenn sie von den Kriegsgefangenen reden, sagen sie »diese armen Jungs«. Sie reden sich an wie in einem Salon. »Sagen Sie, meine Liebe . . . mein Lieber . . .« Von wenigen Ausnahmen abgesehen haben sie den Akzent der französischen Aristokratie. Sie sind da, um den Gefangenen Auskünfte über die Abfahrtszeiten der Züge zu geben. Sie haben das spezifische Lächeln von Frauen, die wollen, daß man ihre große Erschöpfung wahrnimmt, aber auch ihre Anstrengung, sie zu verbergen. Es fehlt hier an Luft. Sie sind wirklich sehr beschäftigt. Von Zeit zu Zeit kommen Offiziere zu ihnen, sie tauschen englische Zigaretten: »Na, immer noch unermüdlich?« – »Wie Sie sehen, Herr Hauptmann.« Lachen. Der Ehrensaal dröhnt vom Lärm der Schritte, der halblauten Gespräche, der Tränen, der Klagen. Es kommen immer noch welche an. Lastwagen fahren vorbei. Sie kommen aus Le Bourget. In Gruppen zu fünfzig ergießen sich die Gefangenen ins Auffanglager. Wenn eine Gruppe auftaucht, schnell die Musik: »*C'est la route qui va, qui va, qui va et qui n'en finit pas . . .*«* Wenn es größere Gruppen sind, spielen sie die *Marseillaise*. Zwischen den Liedern Schweigen, aber sehr

---

* »*Die Straße läuft und läuft und läuft und endet nicht . . .*«

kurz. ›Die armen Jungs‹ betrachten den Ehrensaal, alle lächeln. Repatriierungsoffiziere rahmen sie ein: »Auf, Freunde, in eine Reihe.« Sie reihen sich ein und lächeln weiter. Die ersten, die am Ausweisschalter ankommen, sagen: »Das dauert lang«, wobei sie aber immer noch freundlich lächeln. Wenn man sie um Auskünfte bittet, hören sie auf zu lächeln, sie versuchen sich zu erinnern. In diesen Tagen war ich an der Gare de l'Est, eine dieser Damen hat einen Soldaten der Legion angefahren und auf ihre Tressen gezeigt: »Na, mein Freund, grüßt man nicht mehr, Sie sehen doch, daß ich Hauptmann (*sic!*) bin.« Der Soldat hat sie angeschaut, sie war jung und schön, und hat gelacht. Die Dame ist davongelaufen: »So ein Flegel.« Ich habe den Chef des Auffanglagers aufgesucht, um die Angelegenheit mit dem Suchdienst in Ordnung zu bringen. Er erlaubt uns dazubleiben, doch ganz am Ende des Durchgangs, am Schwanz, bei der Gepäckaufbewahrung. Solange keine Deportiertentransporte kommen, halte ich aus. Über Lutetia kommen welche, aber über Orsay kommen im Augenblick nur einzelne. Ich habe Angst, Robert L. auftauchen zu sehen. Sobald man Deportierte ankündigt, verlasse ich das Auffanglager, das ist ausgemacht mit meinen Kolleginnen, ich komme erst wieder, wenn die Deportierten weg sind. Wenn ich zurückkomme, machen mir die Kolleginnen schon von weitem ein Zeichen: »Nichts. Keiner kennt Robert L.« Abends gehe ich zur Zeitung, gebe die Listen ab. Jeden Abend sage ich zu D.: »Morgen gehe ich nicht mehr nach Orsay.«

Heute kommt der erste Transport politischer Gefangener aus Weimar. Man ruft mich morgens aus dem Auffanglager an. Man sagt mir, ich könne kommen, sie würden erst am Nachmittag eintreffen. Ich gehe hin, um den Vormittag über zu bleiben. Ich bleibe den ganzen Tag. Ich weiß nicht mehr, wohin mit mir, um mich zu ertragen.

Orsay. Außerhalb des Auffanglagers sind Frauen von Kriegsgefangenen zu einer dichten Masse zusammengeballt. Weiße Barrieren trennen sie von den Kriegsgefangenen. Sie rufen: »Haben Sie Nachrichten von Sowieso?« Manchmal bleiben die Soldaten stehen, es gibt welche, die antworten. Um sieben Uhr morgens sind schon Frauen da. Es sind welche darunter, die bleiben bis drei Uhr morgens und die kommen am nächsten Tag um sieben Uhr wieder. Aber auch mitten in der Nacht, zwischen drei und sieben, gibt es welche, die bleiben. Man verbietet ihnen den Zugang zum Auffanglager. Viele Leute, die niemanden erwarten, kommen ebenfalls zur Gare d'Orsay, um sich das Schauspiel anzusehen, die Ankunft der Kriegsgefangenen und die Art, wie die Frauen sie erwarten und alles übrige, um zu sehen, wie das abläuft, so was wird es vielleicht nie wieder geben. Man kann die Zuschauer dadurch von den andern unterscheiden, daß sie nicht schreien und daß sie sich etwas abseits von der Masse der Frauen halten, um zugleich die Ankunft der Kriegsgefangenen und den Empfang sehen zu können, den die Frauen ihnen bereiten. Die Kriegsgefangenen kommen der Reihe nach an. Nachts kommen sie in großen amerikanischen Lastwagen, sie steigen im grellen Scheinwerferlicht aus. Die Frauen schreien laut, sie klatschen in die Hände. Die Kriegsgefangenen bleiben stehen, geblendet, sprachlos. Am Tag schreien die Frauen, sobald sie die Lastwagen vom Pont de Solferino herankommen sehen. Nachts schreien sie, sobald sie kurz vor dem Auffanglager langsamer werden. Sie rufen Namen deutscher Städte: »Noyeswarda?«*, »Kassel?«, oder die Nummern der Gefangenenlager: »Stalag VII A?«, »Kommando vom Stalag III A?« Die Kriegsgefangenen sehen verwundert aus, sie kommen geradewegs aus Le Bourget und aus Deutschland, manchmal antworten sie, doch meistens verstehen sie nicht so recht, was man von ihnen will, sie lächeln, sie drehen sich nach den französischen Frauen um, es sind die ersten, die sie wiedersehen.

Ich arbeite schlecht, alle diese Namen, die ich hintereinander schreibe, sind nie der seine. Alle fünf Minuten die Lust, Schluß zu machen, den Bleistift hinzulegen, keine Informationen mehr einzuholen, das Auffanglager für den Rest meines Lebens zu verlassen. Gegen zwei Uhr nachmittags frage ich nach, um wieviel Uhr der Zug aus Weimar kommt, ich gehe weg, suche jemanden, mit dem ich reden kann. In einer Ecke der Ehrenhalle sehe ich etwa zehn Frauen auf dem Boden sitzen, mit denen gerade ein weiblicher Oberst spricht. Ich trete näher. Die Frau Oberst ist groß, sie trägt ein marineblaues Kostüm mit einem Lothringerkreuz am Revers, sie hat weiße, mit der Brennschere gelockte, bläulich gefärbte Haare. Die Frauen sehen sie an, sie sehen erschöpft aus, doch sie lauschen mit offenem Mund, was die Frau Oberst sagt. Um sie herum Kleiderbündel, mit Kordel verschnürte Koffer und auch ein kleines Kind, das auf einem der

* Ich habe diesen Ort in den Karten nicht gefunden. Wahrscheinlich habe ich ihn so geschrieben, wie ich ihn gehört habe.

Kleiderbündel schläft. Sie sind sehr schmutzig und haben entstellte Gesichter. Zwei von ihnen haben einen ungeheuren Bauch. Ein anderer weiblicher Offizier steht etwas abseits und schaut zu. Ich gehe zu ihr und frage sie, was los ist. Sie sieht mich an, sie schlägt die Augen nieder und sagt voller Scham: »Freiwilliger Arbeitsdienst.« Die Frau Oberst sagt ihnen, daß sie aufstehen und ihr folgen sollen. Sie stehen auf und folgen ihr. Sie machen deshalb so ängstliche Gesichter, weil sie gerade von den Frauen der Kriegsgefangenen ausgepfiffen worden sind. Ich habe vor einigen Tagen der Ankunft von Freiwilligen des Arbeitsdienstes beigewohnt. Sie kamen wie die andern lächelnd an, doch nach und nach haben sie begriffen, was los war, und darauf hatten sie ebenfalls diese entstellten Gesichter. Die Frau Oberst wendet sich an die junge Frau in Uniform, die mir Auskunft erteilt hat, sie zeigt mit dem Finger auf die Frauen: »Was sollen wir mit ihnen machen?« Die andere sagt: »Ich weiß nicht.« Die Frau Oberst hat ihnen wohl klargemacht, daß sie Drecksäue sind. Einige weinen. Jene, die schwanger sind, sehen starr vor sich hin. Die Frau Oberst sagt zu ihnen, daß sie sich wieder hinsetzen sollen. Sie setzen sich wieder hin. Es sind in den meisten Fällen Arbeiterinnen, ihre Hände sind schwarz vom Öl der deutschen Maschinen. Zwei von ihnen sind sicherlich Prostituierte, sie sind geschminkt, sie haben gefärbtes Haar, aber sie haben wohl auch an den Maschinen gearbeitet, sie haben die gleichen schwarzen Hände. Ein Repatriierungsoffizier kommt an: »Was ist mit denen?« – »Freiwillige vom Arbeitsdienst.« Die Stimme der Frau Oberst ist schrill, sie dreht sich nach den Freiwilligen um und droht: »Setzt euch und verhaltet euch ruhig . . . Verstanden? Glaubt ja nicht, daß ihr so davonkommt . . .« Mit der Hand droht sie den Freiwilligen. Der Repatriierungsoffizier nähert sich dem Haufen Freiwilliger, er schaut sie an und vor ihnen, den Freiwilligen, fragt er die Frau Oberst: »Haben Sie Anweisungen?« Die Frau Oberst: »Nein, und Sie?« – »Man hat mir was von sechs Monaten Haft gesagt.« Die Frau Oberst nickt zustimmend mit ihrem schönen, gelockten Kopf: »Das hätten sie auch verdient . . .« Der Offizier bläst Rauchwolken – Camel – über den Haufen der Freiwilligen hinweg, die mit verängstigten Augen der Unterhaltung folgen: »Ganz meiner Meinung!«, und er entfernt sich, jung, elegant, ein Reitersmann, seine Camel in der Hand. Die Freiwilligen schauen und lauern auf irgendeinen Hinweis über das Schicksal, das sie erwartet. Kein Hinweis. Ich halte die Frau Oberst auf, die weggehen will: »Wissen Sie, um wieviel Uhr der Zug aus Weimar ankommt?« Sie sieht mich aufmerksam an: »Drei Uhr.« Sie sieht mich immer wieder an, sie taxiert mich, und aufgebracht, aber mit Mühe, sagt sie zu mir: »Sie brauchen gar nicht hier zu warten und das Auffanglager zu versperren, es kommen nur Generäle und Präfekten, gehen Sie wieder nach Hause.« Darauf war ich nicht gefaßt. Ich glaube, ich habe sie beschimpft. Ich sage: »Und die andern?« Sie richtet sich auf: »Mir ist diese Mentalität zuwider! Beschweren Sie sich anderswo, mein Kleines.« Sie ist so empört, daß sie zu einer kleinen Gruppe von Frauen geht, ebenfalls in Uniform, und ihnen berichtet. Sie hören ihr zu, sie sind empört, schauen mich an. Ich gehe zu einer von ihnen. Ich sage: »Erwartet die da niemanden?« Sie sieht mich an, entrüstet. Sie versucht mich zu beruhigen. Sie sagt: »Sie hat soviel zu tun, die Ärmste, sie ist mit den Nerven herunter.« Ich kehre zum Suchdienst zurück, am Ende der

Warteschlange. Kurz darauf kehre ich in die Ehrenhalle zurück. D. erwartet mich dort mit einem falschen Passierschein.

Gegen drei Uhr eine allgemeine Unruhe: »Sie sind da.« Ich verlasse den Suchdienst, ich stelle mich an den Eingang eines kleinen Flurs, gegenüber der Ehrenhalle. Ich warte. Ich weiß, daß Robert L. nicht dabei sein wird. D. steht neben mir. Er hat den Auftrag, die Deportierten zu befragen, um herauszufinden, ob sie Robert L. gekannt haben. Er ist blaß. Er kümmert sich nicht um mich. In der Ehrenhalle herrscht ein großes Tohuwabohu. Die Frauen in Uniform machen sich um die Freiwilligen zu schaffen und weisen sie an, sich in einer abgelegenen Ecke auf den Boden zu setzen. Die Ehrenhalle ist leer. Bei der Ankunft der Kriegsgefangenen gibt es einen Aufenthalt. Repatriierungsoffiziere laufen herum. Auch das Mikrofon ist außer Betrieb. Ich höre: »Der Minister.« Ich erkenne Fresnay unter den Offizieren. Ich stehe immer noch an der gleichen Stelle im Eingang des kleinen Flurs. Ich schaue auf den Eingang. Ich weiß, daß Robert L. nicht die geringste Chance hat, dabei zu sein. Aber vielleicht gelingt es D., etwas herauszufinden. Ich fühle mich nicht wohl. Ich zittere. Mir ist kalt. Ich lehne mich an die Wand. Plötzlich eine allgemeine Unruhe: »Sie sind da!« Die Frauen draußen haben nicht geschrien. Sie haben nicht applaudiert. Plötzlich kommen aus dem Eingangskorridor zwei Pfadfinder, die einen Mann tragen. Der Mann umklammert ihren Hals. Die Pfadfinder tragen ihn, die Arme unter seinen Schenkeln gekreuzt. Der Mann trägt Zivil, er ist rasiert, er scheint sehr zu leiden. Er hat eine seltsame Farbe. Er muß wohl weinen. Man kann nicht sagen, daß er mager ist, es ist etwas anderes, es bleibt ganz wenig von ihm selbst, so wenig, daß man zweifelt, ob er noch am Leben ist. Doch er lebt, sein Gesicht verkrampft sich zu einer furchtbaren Grimasse, er lebt. Er schaut nichts an, weder den Minister, noch die Ehrenhalle, noch die Fahne, nichts. Seine Grimasse bedeutet vielleicht, daß er lacht. Es ist der erste Deportierte aus Weimar, der ins Auffanglager kommt. Ohne mir dessen bewußt zu werden, bin ich vorwärts gegangen, ich stehe jetzt in der Mitte der Ehrenhalle, mit dem Rücken zum Mikrofon. Es folgen zwei weitere Pfadfinder, die einen anderen Greis tragen. Dann kommt ein Dutzend anderer Deportierter, diese scheinen in einem besseren Zustand zu sein als die ersten. Man stützt sie beim Gehen. Man setzt sie auf Gartenbänke, die man in der Halle aufgestellt hat. Der Minister geht auf sie zu. Der zweite, der hereingekommen ist, der Greis, weint. Man weiß nicht, ob er wirklich so alt ist, vielleicht ist er zwanzig Jahre alt, man kann sein Alter nicht erraten. Der Minister tritt heran und nimmt den Hut ab, er geht auf den Greis zu, er reicht ihm die Hand, der Greis ergreift sie, er weiß nicht, daß es die Hand des Ministers ist. Eine Frau in blauer Uniform ruft es ihm zu: »Das ist der Minister! Er ist zu Ihrer Begrüßung gekommen!« Der Greis weint weiter, er hat nicht aufgeschaut. Plötzlich sehe ich D. neben dem Greis sitzen. Mir ist sehr kalt, ich klappere mit den Zähnen. Jemand kommt zu mir: »Bleiben Sie nicht da, es nützt doch nichts, es macht Sie krank.« Ich kenne ihn, es ist ein Kerl aus dem Auffanglager. Ich bleibe. D. hat angefangen, mit dem Greis zu sprechen. Ich überlege rasch. Die Chance ist eins zu zehntausend, daß dieser Greis Robert L. gekannt hat. In Paris heißt es seit kurzem, die Militärs hätten Listen von Überlebenden aus Buchenwald. Außer dem weinenden Greis und den Rheumatikern scheinen die andern nicht in sehr schlechtem Zustand zu sein. Der Minister sitzt bei ihnen, sowie einige höhere Offiziere. D. spricht lange mit dem Greis. Ich schaue in das Gesicht von D. Ich finde, es zieht sich hin. Dann gehe ich ganz langsam auf die Bank zu, trete ins Blickfeld von D. D. sieht mich, er schaut mich an und schüttelt den Kopf, »Nein, er kennt ihn nicht«. Ich entferne mich. Ich bin sehr müde, ich möchte mich auf den Boden legen. Jetzt bringen die Frauen in Uniform den Deportierten Kochgeschirre. Sie essen, und während sie essen, antworten sie auf die Fragen, die man ihnen stellt. Das Frappierende ist, daß sie das, was man zu ihnen sagt, nicht zu interessieren scheint. Ich werde es morgen aus den Zeitungen erfahren, unter diesen Leuten, diesen Greisen sind: General Challe, sein Sohn Hubert Challe, Schüler der Militärakademie Saint-Cyr, der in dieser Nacht, der Nacht seiner Ankunft, sterben sollte – General Audibert, Ferrière, Direktor der Régie des Tabacs, Julien Cain, Verwaltungsdirektor der Bibliothèque Nationale, General Heurteaux, Marcel Paul, Professor Suard von der medizinischen Fakultät von Angers, Professor Richet, Claude Bourdet, der Bruder von Teitgen, Informationsminister, Maurice Nègre . . .

Gegen fünf Uhr nachmittags verlasse ich das Auffanglager, ich gehe an den Seine-Quais entlang. Das Wetter ist sehr schön, ein sehr schöner, sonniger Tag. Ich beeile mich, nach Hause zu kommen, mich mit dem Telefon einzuschließen, zu dem schwarzen Graben zurückzufinden. Sobald ich den Quai verlasse und in die Rue du Bac einbiege, ist die Stadt wieder weit weg, und das Auffanglager Orsay verschwindet. Vielleicht kommt er trotz allem zurück. Ich weiß es nicht mehr. Ich bin sehr müde.

Ich bin sehr schmutzig. Ich verbringe auch einen Teil meiner Nächte im Auffanglager. Ich muß mich entschließen, ein Bad zu nehmen, wenn ich nach Hause komme, es sind bestimmt schon acht Tage, daß ich mich nicht mehr wasche. Mir ist so kalt im Frühling, und der Gedanke, mich zu waschen, macht mich frösteln, ich habe so etwas wie ein ständiges Fieber, das nicht mehr weggeht. An diesem Abend denke ich an mich. Ich habe nie eine Frau kennengelernt, die so feige ist wie ich. Ich lasse sie Revue passieren, Frauen, die warten wie ich, nein, keine ist so feige. Ich kenne sehr tapfere. Außergewöhnliche. Meine Feigheit ist so groß, daß man sie nicht mehr erklären kann, nur D. tut das. Meine Kolleginnen vom Suchdienst betrachten mich als eine Kranke. D. sagt zu mir: »Man hat in keinem Fall das Recht, sich so weit zugrundezurichten.« Er sagt oft zu mir: »Sie sind eine Kranke. Sie sind eine Verrückte. Sehen Sie sich an, Sie sehen schrecklich aus.« Ich vermag nicht zu begreifen, was man mir sagen will. (Selbst jetzt, beim Abschreiben dieser Dinge aus meiner Jugend, begreife ich den Sinn dieser Sätze nicht.) Ich sehe nicht eine Sekunde lang die Notwendigkeit ein, Mut zu haben. Meine Feigheit bestünde vielleicht darin, Mut zu haben. Suzy hat Mut für ihren kleinen Jungen. Das Kind, das ich mit Robert L. gehabt habe, ist bei der Geburt gestorben – ebenfalls durch den Krieg –, die Ärzte haben während des Krieges nur selten Hausbesuche gemacht, sie hatten nicht genug Benzin. Ich bin also allein. Warum soll ich in meinem Fall Kraft sparen. Man bietet mir keinen Kampf an. Der, den ich führe, den kann niemand kennen. Ich kämpfe gegen die Bilder vom schwarzen Graben. Es gibt Augenblicke, in denen das Bild stärker ist, dann schreie ich oder gehe aus dem Haus und laufe in Paris herum. D. sagt:

»Wenn Sie später daran zurückdenken, werden Sie sich schämen.« Die Leute sind in den Straßen wie gewöhnlich, es gibt Schlangen vor den Läden, es gibt ein paar Kirschen, deshalb warten die Frauen. Ich kaufe eine Zeitung. Die Russen sind in Strausberg, vielleicht sogar noch weiter, in der Umgebung von Berlin. Die Frauen, die wegen der Kirschen Schlange stehen, erwarten die Niederlage von Berlin. Ich erwarte sie. »Die werden schon noch begreifen, die werden ihr blaues Wunder erleben«, sagen die Leute. Die ganze Welt wartet darauf. Alle Regierungen der Welt sind sich einig. Wenn das Herz Deutschlands aufgehört hat zu schlagen, sagen die Zeitungen, dann ist es aus und vorbei. Alle achtzig Meter hat Jukow Kanonen aufgestellt, die in sechzig Kilometer Umkreis um Berlin das Zentrum mit Trommelfeuer belegen. Berlin brennt. Es wird bis zur Wurzel niedergebrannt werden. Zwischen seinen Ruinen wird das deutsche Blut fließen. Manchmal glaubt man den Geruch dieses Blutes zu riechen. Es zu sehen. Ein kriegsgefangener Priester hat ein deutsches Waisenkind mit ins Auffanglager gebracht. Er hielt es an der Hand, er war stolz darauf, er zeigte es, er erklärte, wie er es gefunden hatte, daß es nicht die Schuld dieses armen Kindes sei. Die Frauen sahen ihn böse an. Er maßte sich das Recht an, schon zu verzeihen, schon zu vergeben. Er hatte keinen Schmerz, kein Warten gekannt. Er erlaubte sich, das Recht zu verzeihen, zu vergeben, jetzt, sofort, auf der Stelle auszuüben, ohne auch nur im geringsten den Haß zu kennen, in dem man lebte, furchtbar und gut, tröstlich, wie ein Glaube an Gott. Wovon sprach er also? Nie ist ein Priester so ungebührlich aufgetreten. Die Frauen wandten die Blicke ab, sie spuckten auf das strahlende Lächeln der Milde und der Klarheit. Beachteten das

Kind nicht. Alles entzweite sich. Blieb auf der einen Seite die Front der Frauen, kompakt, unnachgiebig. Und auf der anderen Seite dieser Mann, allein, der in einer Sprache recht hatte, die die Frauen nicht mehr verstanden.

April

Monty soll die Elbe überschritten haben, aber es ist nicht sicher, die Pläne Montys sind nicht so klar wie die Pattons. Patton stürmt vorwärts. Patton hat Nürnberg erreicht. Monty soll Hamburg erreicht haben. Die Frau von David Rousset ruft an: »Sie sind in Hamburg. Während der nächsten Tage werden sie nichts über die Lager von Hamburg-Neuengamme sagen.« Sie hat sich in den letzten Tagen, und zu Recht, große Sorgen gemacht. David war dort, in Bergen-Belsen. Die Deutschen nahmen Erschießungen vor. Der Vormarsch der Alliierten geht sehr schnell, sie haben keine Zeit, sie mitzunehmen, sie erschießen sie. Man weiß noch nicht, daß sie manchmal, wenn sie keine Zeit mehr zum Erschießen haben, die Leute dalassen. Halle ist gesäubert worden. Chemnitz ist eingenommen, und man ist bereits weit darüber hinaus, in Richtung Dresden. Patch säubert Nürnberg. Georges Bidault unterhält sich mit Präsident Truman über die Konferenz von San Francisco. Ich laufe durch die Straßen. Wir sind müde, müde. In *Libération-Soir*: »Man wird nie wieder von Vaihingen reden. Auf den Landkarten erstreckt sich das Zartgrün der Wälder bis hinunter zur Enz . . . Der Uhrmacher ist in Stalingrad gefallen, der Friseur diente in Paris, der Idiot besetzte Athen. Jetzt ist die Hauptstraße hoffnungslos leer, und ihre Pflastersteine liegen mit dem Bauch nach oben wie tote Fische.« Hundertvierzigtausend Kriegsgefangene sind repatriiert worden. Bis jetzt keine Zahl der Deportierten. Trotz aller Anstrengungen der Ministerialbehörde war man nicht genügend vorbereitet. Die Kriegsgefangenen warten stundenlang in den Parkanlagen der Tuilerien. Man kündigt an, daß die ›Nacht des Kinos‹ in diesem Jahr besonders herrlich sein wird. Sechshunderttausend Juden sind in Frankreich verhaftet worden. Es heißt schon, daß nur einer von hundert zurückkommen wird. Es werden also sechstausend zurückkommen. Man glaubt es noch. Er könnte also mit den Juden zurückkommen. Seit einem Monat hätte er uns Nachricht geben können. Warum nicht mit den Juden. Ich habe das Gefühl, daß ich lange genug gewartet habe. Wir sind müde. Es soll wieder ein neuer Transport von Deportierten aus Buchenwald ankommen. Eine geöffnete Bäckerei, ich müßte vielleicht Brot kaufen, die Brotmarken nicht verfallen lassen. Es ist ein Verbrechen, die Marken verfallen zu lassen. Es gibt auch Leute, die nicht mehr warten. Als ich vorgestern abend aus dem Auffanglager zurückkam, bin ich in die Rue Bonaparte gegangen, um einer Familie Bescheid zu sagen. Ich habe geklingelt, man hat mir aufgemacht, ich habe gesagt: »Ich komme vom Auffanglager Orsay, Ihr Sohn kommt wieder heim, er ist bei guter Gesundheit.« Die Dame wußte es bereits, der Sohn hatte vor fünf Tagen geschrieben. D. erwartete mich hinter der Tür. Ich sage: »Sie wußten Bescheid wegen ihrem Sohn, er hat geschrieben. Sie können also schreiben.« D. gab keine Antwort. Das war vor zwei Tagen. Ich warte jeden Tag weniger. Am Abend lauert mir meine Concierge vor der Tür auf, sie sagt mir, ich solle zu Madame Bordes gehen, der Hausmeisterin der Schule. Ich sage ihr, daß ich morgen früh hinginge, daß sie sich keine

Gedanken zu machen brauche, weil heute das Stalag VII A zurückkomme, daß vom Stalag III A noch keine Rede sei. Die Concierge läuft zu ihr, um es ihr zu sagen. Ich steige langsam die Treppe hoch, ich bin ganz außer Atem vor lauter Erschöpfung. Ich habe aufgehört, Madame Bordes aufzusuchen, ich werde versuchen, morgen früh hinzugehen. Mir ist kalt. Ich werde mich wieder aufs Sofa neben das Telefon setzen. Es ist das Ende des Krieges. Ich weiß nicht, ob ich schlafen kann. Bereits seit einiger Zeit verspüre ich keinen Schlaf mehr. Ich werde wach und weiß dann, daß ich geschlafen habe. Ich stehe auf, presse meine Stirn an die Fensterscheibe. Das Restaurant Saint-Benoit unten ist voll, ein Bienenkorb. Für die, die zahlen können, gibt es ein Schwarzmarkt-Menü. Es ist nicht normal, so zu warten. Ich werde nie etwas wissen. Ich weiß nur, daß er monatelang Hunger gelitten hat und daß er kein Stück Brot mehr gesehen hat, bevor er starb, nicht ein einziges Mal. Die letzten Freuden der Sterbenden hat er nicht gekannt. Seit dem siebten April habe ich die Wahl. Er war vielleicht unter den zweitausend Füsilierten von Bergen-Belsen. In Mittelglattbach hat man in einem Beinhaus eintausendfünfhundert Leichen gefunden. Überall, auf allen Straßen sind welche, riesige Kolonnen verstörter, verängstigter Männer, man bringt sie weg, sie wissen nicht wohin, die Kapos und die Truppenführer ebensowenig. Heute grüßen die zwanzigtausend Überlebenden von Buchenwald die einundfünfzigtausend Toten des Lagers. Am Tag vor der Ankunft der Alliierten erschossen. Einige Stunden zuvor getötet worden. Warum? Es heißt: Damit sie nichts erzählen. In manchen Lagern haben die Alliierten noch warme Leichen gefunden. Was tut man in letzter Sekunde, wenn man den Krieg verliert? Man schlägt das Geschirr kurz und klein, man zerschlägt die Spiegel mit Steinen, man tötet die Hunde. Ich bin den Deutschen nicht mehr böse, man kann das nicht mehr so nennen. Ich konnte ihnen eine Zeitlang böse sein, das war klar, das war faßlich, verständlich und ging so weit, daß ich sie alle hätte umbringen können, die ganze Einwohnerzahl Deutschlands, sie von der Erde auslöschen, dafür sorgen, daß das nicht mehr möglich wäre. Jetzt vermag ich zwischen der Liebe, die ich für ihn empfinde, und dem Haß, den ich ihnen entgegenbringe, nicht mehr zu unterscheiden. Es ist ein Bild mit zwei Seiten: auf der einen ist er, die Brust dem Deutschen zugewandt, die Hoffnung von zwölf Monaten, die in seinen Augen untergeht, und auf der anderen Seite sind die Augen des Deutschen, der zielt. Das sind die beiden Seiten des Bildes. Zwischen den beiden muß ich wählen, er, der in den Graben rollt, oder der Deutsche, der die Maschinenpistole wieder schultert und weggeht. Ich weiß nicht, soll ich mich darum kümmern, ihn in meinen Armen zu empfangen, und den Deutschen fliehen lassen, oder soll ich Robert L. lassen und mir den Deutschen schnappen, der ihn getötet hat, und ihm die Augen ausstechen, die die seinen nicht gesehen haben. Seit drei Wochen sage ich mir, daß man sie daran hindern müsse zu töten, wenn sie fliehen. Niemand hat einen Vorschlag gemacht. Man hätte Fallschirmjägerkommandos schicken können, die die Lager während der vierundzwanzig Stunden, die sie von der Ankunft der Alliierten trennten, hätten halten können. Jacques Auvray hatte versucht, die Sache zu klären, und das seit August 1944. Es ist nicht möglich gewesen, weil Fresnay nicht wollte, daß die Initiative dazu von einer Widerstandsbewegung ausginge. Er, der Minister der Kriegsgefangenen und der

Deportierten, hatte nicht die Mittel, es zu tun. Also ließ er erschießen. Jetzt wird es, bis das letzte Konzentrationslager befreit ist, Füsilierte geben. In meinem doppelseitigen Bild sehe ich hinter dem Deutschen manchmal Fresnay, der herschaut. Meine Stirn an der kalten Fensterscheibe, das tut gut. Ich kann meinen Kopf nicht mehr tragen. Meine Beine und meine Arme sind schwer, aber nicht so schwer wie mein Kopf. Es ist kein Kopf mehr, sondern ein Geschwür. Die Scheibe ist kühl. In einer Stunde wird D. dasein. Ich schließe die Augen. Wenn er wiederkäme, würden wir ans Meer fahren, das würde ihm am meisten Freude machen. Ich glaube, daß ich sowieso sterben werde. Wenn er wiederkommt, werde ich auch sterben. Wenn er klingelte: »Wer ist da.« – »Ich, Robert L.«, wäre das einzige, was ich tun könnte, zu öffnen und dann zu sterben. Wenn er wiederkäme, würden wir ans Meer fahren. Es ist Sommer, Hochsommer. Zwischen dem Augenblick, in dem ich die Tür öffne und dem Augenblick, in dem wir vor dem Meer stehen, bin ich gestorben. In einer Art Überleben sehe ich, daß das Meer grün ist, daß es einen leicht orangefarbenen Strand gibt, den Sand. Im Innern meines Kopfes die Salzbrise, die das Denken verhindert. Ich weiß nicht, wo er in dem Augenblick, in dem ich das Meer sehe, ist, aber ich weiß, daß er lebt. Daß auch er irgendwo auf der Erde ist und atmet. Ich kann mich also an den Strand legen und mich ausruhen. Wenn er wiederkommt, werden wir ans Meer fahren, ein warmes Meer. Das wird ihm am meisten Spaß machen, und es wird ihm auch am wohlsten tun. Er wird ankommen, er wird zum Strand gehen, er wird am Strand stehenbleiben, und er wird das Meer betrachten. Mir wird es genügen, ihn zu betrachten. Ich will nichts für mich. Der Kopf an der Scheibe. Vielleicht bin ich es, die weint. Unter sechshunderttausend eine, die weint. Dieser Mann am Meer, das ist er. In Deutschland waren die Nächte kalt. Dort, am Strand, geht er hemdsärmlig aus dem Haus, und er spricht mit D. Sie sind in ihr Gespräch vertieft. Ich werde tot sein. Sobald er zurückkehrt, werde ich sterben, unmöglich, daß es anders sein wird, das ist mein Geheimnis. D. weiß es nicht. Ich habe mich entschieden, so auf ihn zu warten, wie ich warte, bis ich daran sterbe. Das geht nur mich etwas an. Ich gehe wieder zum Sofa zurück, ich strecke mich aus. D. klingelt. Ich mache auf: »Nichts?« – »Nichts.« Er setzt sich ins Wohnzimmer neben das Sofa. Ich sage: »Ich glaube, es gibt nicht viel Hoffnung.« D. wirkt nervös und antwortet nicht. Ich fahre fort: »Morgen ist der zweiundzwanzigste April, 20% der Lager sind befreit. Ich habe Sorel im Auffanglager gesehen, der mir gesagt hat, einer von fünfzig käme zurück.« D. hat nicht die Kraft, mir zu antworten, aber ich spreche weiter. Es klingelt. Es ist der Schwager von Robert L.: »Na?« – »Nichts.« Er schüttelt den Kopf, denkt nach und sagt dann: »Das ist eine Frage der Verbindung, sie können nicht schreiben.« Sie sagen: »Es gibt keine reguläre Post mehr in Deutschland.« Ich sage: »Eins ist jedenfalls sicher, man hat Nachrichten von denen aus Buchenwald.« Ich erinnere daran, daß der Transport mit Robert L., der vom siebzehnten August, in Buchenwald angekommen ist. »Wer sagt Ihnen denn, daß er nicht Anfang des Jahres anderswohin gebracht worden ist?« Ich sage ihnen, daß sie gehen sollen, daß sie nach Hause gehen sollen. Ich höre sie eine Zeitlang reden und dann immer weniger. Es gibt lange Pausen im Gespräch, und dann kommen die Stimmen plötzlich wieder. Ich spüre, daß man mich an der

Schulter packt: es ist D. Ich war eingeschlafen. D. schreit: »Was haben Sie? Was haben Sie, daß Sie so schlafen?« Ich schlafe wieder ein. Als ich wach werde, ist M. weggegangen. D. geht ein Thermometer holen. Ich habe Fieber.

Im Fieber sehe ich sie wieder. Sie hat in der Rue des Saussaies mit den andern drei Tage lang Schlange gestanden. Sie muß so um die zwanzig sein. Sie hatte einen riesigen Bauch, der aus ihrem Körper vorstand. Sie war da wegen einem Füsilierten, ihrem Mann. Sie hatte eine Mitteilung erhalten, seine Sachen abzuholen. Sie war gekommen. Sie hatte noch Angst. Zweiundzwanzig Stunden Schlange stehen, um seine Sachen zu holen. Sie zitterte trotz der Hitze. Sie sprach, sie sprach, ohne daß sie aufhören konnte. Sie hatte seine Sachen an sich nehmen wollen, um sie noch einmal zu sehen. Ja, in vierzehn Tagen würde sie entbinden, das Kind würde seinen Vater nicht kennen. In der Schlange las sie ihren Nachbarinnen immer wieder seinen letzten Brief vor. »Sag unserem Kind, daß ich tapfer gewesen bin.« Sie sprach, sie weinte, sie konnte nichts für sich behalten. Ich denke an sie, weil sie nicht mehr wartet. Ich frage mich, ob ich sie auf der Straße wiedererkennen würde, ich habe ihr Gesicht vergessen, ich sehe von ihr nur noch diesen riesigen Bauch, der aus ihrem Körper vorstand, diesen Brief in der Hand, als wollte sie ihn verschenken. Zwanzig Jahre alt. Man hat ihr einen Klappstuhl hingeschoben. Sie hat versucht, sich zu setzen, aber sie ist wieder aufgestanden, sie konnte sich nur im Stehen ertragen.

D. hat hier geschlafen. Auch diese Nacht kein Anruf. Ich muß Madame Bordes aufsuchen. Ich mache mir einen sehr starken Kaffee, ich nehme eine Korydran-Tablette. Der Schwindel wird aufhören und dieser Brechreiz. Es wird mir besser gehen. Es ist Sonntag, es gibt keine Post. Ich bringe D. einen Kaffee. Er sieht mich an und lächelt ganz sanft: »Danke, meine kleine Marguerite.« Ich schreie nein. Mir graut vor meinem Namen. Nach dem Korydran schwitzt man sehr stark, und das Fieber fällt. Heute gehe ich weder ins Auffanglager noch in die Druckerei. Ich muß die Zeitung kaufen. Wieder ein Foto von Belsen, ein sehr langer Graben, in dem Leichen nebeneinanderliegen, Leiber, die so mager sind, wie man noch nie welche gesehen hat. »Das Zentrum von Berlin liegt vier Kilometer entfernt von der Front.« »Der russische Heeresbericht gibt seine gewöhnliche Diskretion auf.« Pleven tut so, als regiere er Frankreich, er kündigt an, die Löhne wieder in Ordnung zu bringen und für die Landwirtschaftserzeugnisse neue Preise festzusetzen. Churchill sagt: »Wir brauchen nicht mehr lange zu warten.« Die Vereinigung zwischen den Alliierten und den Russen findet vielleicht heute statt. Debru-Bridel empört sich gegen die Wahlen, die ohne die Deportierten und die Kriegsgefangenen stattfinden werden. Auf der zweiten Seite des F. N.* wird gemeldet, daß am dreizehnten April morgens in der Gegend von Magdeburg tausend Deportierte in einer Scheune lebendig verbrannt worden sind. In *L'Art et la Guerre* sagt Frédéric Noel: »Die einen bilden sich ein, daß die künstlerische Revolution aus dem Krieg hervorgeht,

* Front National

39

in Wirklichkeit zeitigen die Kriege auf ganz anderen Ebenen Wirkung.« Simpson macht zwanzigtausend Gefangene. Monty ist mit Eisenhower zusammengetroffen. Berlin brennt: »Stalin sieht von seinem Gefechtsstand aus sicherlich ein wunderbares und furchtbares Schauspiel.« Im Verlauf der letzten vierundzwanzig Stunden gab es in Berlin siebenundzwanzigmal Fliegeralarm. Es gibt noch Lebende. Ich komme bei Madame Bordes an. Der Sohn ist in der Diele. Die Tochter weint auf einem Sofa. Die Hausmeisterloge ist schmutzig und unaufgeräumt, düster. Die Hausmeisterloge ist voll von den Tränen von Madame Bordes, sie gleicht Frankreich. »Jetzt haben wir den Salat«, sagt der Sohn, »sie will nicht mehr aufstehen.« Madame Bordes hat sich hingelegt, sie sieht mich an, sie ist durch die Tränen völlig entstellt. Sie sagt: »So sieht's aus.« Ich fange wieder an: »Es gibt überhaupt keinen Grund, daß Sie aus dem Häuschen geraten, das Stalag III A ist noch nicht zurückgekommen.« Sie schlägt mit der Faust aufs Bett, sie schreit: »Das haben Sie mir schon vor acht Tagen gesagt.« – »Ich erfinde nichts, lesen Sie doch die Zeitung.« – »In der Zeitung ist das nicht klar.« Sie ist eigensinnig, sie will mich nicht mehr ansehen. Sie sagt: »Sie behaupten, es kämen keine zurück, dabei sind die Straßen voll von ihnen.« Sie wissen, daß ich sehr häufig in Fresnays Ministerium gehe, zum Suchdienst. Wenn ich es geschickt anstelle, wird Madame Bordes wieder für drei Tage aufstehen. Die Erschöpfung. Es stimmt, daß III A seit zwei Tagen befreit sein muß. Madame Bordes wartet darauf, daß ich mit ihr spreche. Dort auf den Landstraßen verläßt ein Mann eine Marschkolonne. Maschinengewehrsalven. Am liebsten möchte ich sie sterben lassen. Doch der junge Sohn schaut mich an. Darauf liest man die

Chronik vor: »Die, die zurückkommen . . .«, und man erfindet. Ich gehe Brot kaufen, ich gehe wieder hinauf. D. spielt Klavier. Er hat immer Klavier gespielt, in allen Lebenslagen. Ich setze mich aufs Sofa. Ich wage nicht, ihm zu sagen, daß er nicht Klavier spielen soll. Es tut weh im Kopf und läßt den Ekel wieder aufkommen. Es ist trotzdem merkwürdig, so lange ohne Nachricht. Sie haben anderes zu tun. Millionen Menschen warten auf das Ende. Deutschland ist zu Brei geschlagen. Berlin brennt lichterloh. Tausend Städte sind dem Erdboden gleichgemacht. Millionen Zivilisten sind auf der Flucht: die, die Hitler gewählt haben, sind auf der Flucht. In jeder Minute starten fünfzig Bomber von den Flughäfen. Hier kümmert man sich um die Gemeinderatswahlen. Man kümmert sich auch um die Repatriierung der Kriegsgefangenen. Man hat auch davon gesprochen, die Privatautos und die Wohnungen einzuziehen, doch man hat es nicht gewagt, aus Furcht, jenen zu mißfallen, denen sie gehören. De Gaulle legt keinen Wert darauf. Für de Gaulle kamen seine politischen Deportierten immer nur an dritter Stelle, nach seiner Front in Nordafrika. Am dritten April hat de Gaulle diesen kriminellen Satz gesagt: »Die Tage der Tränen sind vorbei. Die Tage des Ruhms sind zurückgekehrt.« Wir werden nie verzeihen. Er hat auch gesagt: »Unter den Punkten der Erde, die das Schicksal auserwählt hat, um dort seine Entscheidungen zu fällen, war Paris zu allen Zeiten ein Symbol . . . Das war so, als im Januar 1871 der Triumph des preußischen Deutschlands durch die Übergabe von Paris gekrönt wurde . . . Das war so während der berühmten Tage von 1914 . . . Das war auch 1940 wieder so.« Er spricht nicht vom Aufstand der Kommune. Er sagt, daß die Niederlage von 1870 die

Existenz des preußischen Deutschlands gestärkt habe. Die Kommune bestätigt für de Gaulle diese lasterhafte Neigung des Volkes, an seine eigene Existenz, an seine eigene Kraft zu glauben. De Gaulle, zwangsläufig der Lobredner der Rechten – er wendet sich an sie, wenn er spricht, und nur an sie –, möchte das Volk ausbluten, ihm seine Lebenskraft nehmen. Er möchte es schwach und gläubig sehen, er möchte, daß es gaullistisch ist wie das Bürgertum, er möchte, daß es bürgerlich ist. De Gaulle spricht nicht von den Konzentrationslagern, es ist auffallend, in welchem Maße er nicht davon spricht, wie sehr es ihm ganz offensichtlich zuwider ist, den Schmerz des Volkes in den Sieg zu integrieren, und zwar aus Angst, seine eigene Rolle zu mindern, ihre Bedeutung zu schmälern. Er ist es, der verlangt, daß die Kommunalwahlen jetzt abgehalten werden. Er ist aktiver Offizier. In meiner Umgebung fällt man nach drei Monaten das Urteil über ihn und läßt ihn für immer fallen. Man haßt ihn auch, vor allem die Frauen. Später wird er sagen: »Die Diktatur der Volkssouveränität bringt Risiken mit sich, die die Verantwortung eines einzigen abschwächen muß.« Hat er je von der unberechenbaren Gefahr der Verantwortung des Führers gesprochen? Pater Panice hat in Notre-Dame über das Wort ›Revolution‹ folgendes gesagt: »Volksaufstand, Generalstreik, Barrikaden . . ., usw. Man könnte einen sehr schönen Film daraus machen. Aber ist die Revolution etwas anderes als ein Spektakel? Eine wirkliche, tiefreichende, dauerhafte Veränderung? Nehmen Sie 1789, 1830, 1848. Nach einer Zeit der Gewalttätigkeiten und einigen politischen Wirbeln wird das Volk die Sache leid, es muß seinen Lebensunterhalt verdienen und wieder an die Arbeit gehen.« Man muß das Volk entmutigen. Pater Panice sagt auch: »Wenn es um nichts Ungebührliches geht, zögert die Kirche nicht, dann stimmt sie zu.« De Gaulle hat beim Tod Roosevelts Nationaltrauer angeordnet. Keine Nationaltrauer für die toten Deportierten. Man muß Amerika schonen. Frankreich wird für Roosevelt trauern. Für das Volk wird keine Trauer getragen.

Abgesehen von diesem Warten existiert man nicht mehr. Es gehen mehr Bilder in unseren Kopf als es sie auf den Straßen Deutschlands gibt. Jede Minute Maschinengewehrgarben im Innern des Kopfes. Und man lebt weiter, sie töten nicht. Unterwegs erschossen. Mit leerem Bauch gestorben. Sein Hunger kreist im Kopf wie ein Geier. Unmöglich, ihm etwas zu geben. Man kann ruhig Brot ins Leere halten. Man weiß nicht einmal, ob er noch Brot braucht. Man kauft Honig, Zucker, Teigwaren. Man sagt sich: wenn er tot ist, werde ich alles verbrennen. Nichts kann das Brennen verringern, das sein Hunger verursacht. Man stirbt an Krebs, an einem Autounfall, an Hunger, nein, man stirbt nicht an Hunger, man ist bereits vorher am Ende. Das, was der Hunger getan hat, wird durch eine Kugel ins Herz vollendet. Ich möchte ihm mein Leben geben können. Ich kann ihm kein Stück Brot geben. Das kann man schon nicht mehr denken nennen, diesen Zustand, alles ist in der Schwebe. Madame Bordes und ich, wir sind in der Gegenwart. Wir können für einen weiteren Tag Vorsorge treffen. Wir können nicht mehr für drei Tage Vorsorge treffen, Butter oder Brot für drei Tage zu kaufen, hieße, was uns angeht, den Willen Gottes beleidigen. Wir sind an Gott festgeschmiedet, angehängt an etwas wie Gott. »Alle Dummheiten«, sagt D. zu mir, »allen Blödsinn, den es gibt, werden Sie gesagt haben . . .«

Madame Bordes ebenfalls. Im Augenblick gibt es Leute, die sagen: »Man muß denken, daß es eintrifft.« D. sagt folgendes zu mir: »Sie müßten versuchen zu lesen. Man müßte lesen können, was auch immer geschieht.« Wir haben zu lesen versucht, wir haben alles versucht, doch der Zusammenhang der Sätze läßt sich nicht mehr herstellen, man vermutet nur, daß es ihn gibt. Aber manchmal glaubt man auch, daß es ihn nicht gibt, daß es ihn nie gegeben hat, daß die Wahrheit nur im Jetzt ist. Eine andere Verbindung hält uns: die, die ihren Körper mit unserem Leben verbindet. Vielleicht ist er schon seit vierzehn Tagen tot, liegt friedlich in diesem schwarzen Graben. Schon laufen die Tiere über ihn, bewohnen ihn. Eine Kugel im Genick? Im Herz? In den Augen? Sein blasser Mund an der deutschen Erde, und ich, die ich immer noch warte, weil es nicht ganz sicher ist, weil er vielleicht noch eine Sekunde lebt. Weil er von einer Sekunde zur andern vielleicht sterben wird, aber es ist noch nicht geschehen. So verläßt auch uns das Leben Sekunde um Sekunde, alle Chancen gehen verloren, und sobald das Leben wieder zu uns zurückkommt, finden sich auch alle Chancen wieder. Vielleicht ist er in der Marschkolonne, vielleicht rückt er, zusammengekrümmt, Schritt für Schritt vor, vielleicht wird er den zweiten Schritt gar nicht tun, so müde ist er? Vielleicht hat er diesen zweiten Schritt schon vor vierzehn Tagen nicht tun können? Vor sechs Monaten? Vor einer Stunde? Vor einer Sekunde? Es ist kein Platz mehr in mir für die erste Zeile der Bücher, die geschrieben sind. Hinter mir und Madame Bordes bleiben alle Bücher zurück. Wir stehen an der Spitze einer namenlosen, waffenlosen Schlacht, einer Schlacht ohne vergossenes Blut, ohne Ruhm, an der Spitze des Wartens. Hinter uns liegt die eingeäscherte Zivilisation und das gesamte Denken, das seit Jahrhunderten angehäufte Denken. Madame Bordes verweigert sich jeder Hypothese. Das, was im Kopf von Madame Bordes ebenso wie in meinem geschieht, sind gegenstandslose Erschütterungen, das Ausreißen von etwas, ich weiß nicht was, das Vernichten von etwas, ich weiß nicht was, sind Entfernungen, die entstehen wie auf Auswege hin, und die dann aufgehoben werden, sich verringern, bis sie fast dahinschwinden, es ist nur Leiden überall, Bluten und Schreie, weshalb das Denken an der Entwicklung gehindert wird, es nimmt nicht am Chaos teil, doch es wird ständig von diesem Chaos verdrängt, ist hilflos ihm gegenüber.

April – Sonntag

Immer noch auf dem Sofa neben dem Telefon. Ja, heute wird Berlin eingenommen werden. Man kündigt es uns jeden Tag an, doch heute wird wirklich das Ende sein. Die Zeitungen schreiben, wie wir es erfahren werden: durch die Sirenen, die ein letztes Mal ertönen werden. Das letzte Mal im Krieg. Ich gehe nicht mehr ins Auffanglager, ich werde nicht mehr hingehen. In Lutetia kommen welche an, an der Gare de l'Est kommen welche an. Gare du Nord. Es ist vorbei. Ich werde nicht nur nicht mehr ins Auffanglager gehen, sondern ich werde mich auch nicht mehr von der Stelle rühren. Ich glaube es, aber gestern glaubte ich es auch, und um zehn Uhr abends bin ich aus dem Haus gegangen, habe die Metro genommen, bin zu D. gefahren, habe bei ihm geklingelt. Er hat mir aufgemacht. Er hat mich in die Arme genommen: »Nichts Neues seit vorhin?« – »Nichts. Ich kann nicht mehr.« Ich bin wieder weggegangen. Ich wollte nicht einmal in sein Zimmer treten, ich hatte nur das Verlangen, D. zu sehen, um nachzuprüfen, daß kein besonderes Zeichen auf seinem Gesicht war, keine Lüge über den Tod. Um Schlag zehn Uhr war plötzlich die Angst bei mir angekommen. Die Angst vor allem. Ich fand mich wieder draußen. Plötzlich hatte ich hochgeschaut, und die Wohnung hatte sich verändert, der Schein der Lampe ebenfalls, plötzlich gelb. Und plötzlich die Gewißheit, der Sturm der Gewißheit: er ist tot. Tot. Tot. Gestorben am einundzwanzigsten April, am einundzwanzigsten April. Ich war aufgestanden und war bis zur Mitte des Zimmers gegangen. Es war innerhalb von einer Sekunde geschehen. Kein Klopfen mehr in den Schläfen. Das nicht mehr. Mein Gesicht löst sich auf, es verändert sich. Ich löse mich auf, ich klappe zusammen, ich verändere mich. Es ist niemand in dem Zimmer, in dem ich bin. Ich spüre mein Herz nicht mehr. Das Entsetzen steigt langsam hoch zu einer Überschwemmung, ich ertrinke. Ich warte gar nicht mehr so sehr, ich habe Angst. Ist es aus, ist es aus? Wo bist du? Wie soll ich es wissen? Ich weiß nicht, wo er ist. Ich weiß auch nicht mehr, wo ich bin. Ich weiß nicht, wo wir uns befinden. Welchen Namen hat dieser Ort hier? Was für ein Ort ist das eigentlich? Und was soll diese ganze Geschichte? Worum geht es? Wer ist das, Robert L.? Kein Schmerz mehr. Ich bin im Begriff zu verstehen, daß es nichts Gemeinsames mehr gibt zwischen diesem Mann und mir. Ich kann genausogut auf einen anderen warten. Ich existiere nicht mehr. Und wenn ich nicht mehr existiere, warum soll ich dann auf Robert L. warten? Kann ich nicht genausogut auf einen anderen warten, wenn das Warten Spaß macht? Nichts Gemeinsames mehr zwischen diesem

Mann und ihr. Wer ist dieser Robert L.? Hat er je existiert? Was tut dieser Robert L., was? Wie kommt es, daß er erwartet wird, er, und nicht ein anderer? Worauf wartet sie in Wirklichkeit? Welchen anderen erwartet sie? Was für ein Spiel spielt sie seit vierzehn Tagen, in denen sie sich verrückt macht mit diesem Warten? Was geschieht in diesem Zimmer? Wer ist sie? Wer sie ist, das weiß D. Wo ist D.? Sie weiß es, sie kann ihn sehen und ihn um eine Erklärung bitten. Ich muß ihn unbedingt sehen, weil sich etwas Neues ereignet hat. Ich habe ihn aufgesucht. Allem Anschein nach hatte sich nichts ereignet.

Dienstag, den 24. April

Das Telefon klingelt. Ich werde im Dunkeln wach. Ich mache Licht. Ich sehe den Wecker: halb sechs. Nacht. Ich höre: »Hallo? . . . wie bitte?« Es ist D., der nebenan geschlafen hat. Ich höre: »Wie bitte? Was sagen Sie? Ja, das ist hier, ja, Robert L.« Schweigen. Ich stehe neben D., der den Hörer in der Hand hält. Ich versuche, den Hörer an mich zu reißen. Das dauert. D. läßt nicht los. »Was für Neuigkeiten?« Schweigen. Man ruft von der anderen Seite von Paris aus an. Ich versuche, den Hörer an mich zu reißen, das ist schwierig, das ist unmöglich. »Ja und? Kameraden?« D. läßt den Hörer los und sagt zu mir: »Es sind Kameraden von Robert, die im Gaumont angekommen sind.« Sie brüllt: »Das ist nicht wahr.« D. hat den Hörer wieder in die Hand genommen. »Und Robert?« Sie versucht, den Hörer an sich zu reißen. D. sagt nichts, er hört zu, er hat den Apparat. »Mehr wissen Sie auch nicht?« D. dreht sich zu ihr um: »Sie haben ihn vor zwei Tagen verlassen, er lebte.« Sie versucht nicht mehr, den Hörer an sich zu reißen. Sie liegt am Boden, hingefallen. Etwas ist zersprungen mit den Worten, die sagten, daß er vor zwei Tagen noch lebte. Sie läßt es geschehen. Es zerspringt, es bricht aus dem Mund, aus der Nase, aus den Augen. Es muß heraus. D. hat den Hörer aufgelegt. Er sagt ihren Namen: »Meine kleine, meine kleine Marguerite.« Er tritt nicht zu ihr, er hebt sie nicht auf, er weiß, daß sie unberührbar ist. Sie ist beschäftigt. Laßt sie in Ruhe. Überall bricht es als Wasser heraus. Er lebt. Er lebt. Man sagt: »Meine kleine, meine kleine Marguerite.« Vor zwei Tagen noch lebendig wie du und ich. Sie sagt: »Lassen Sie mich, lassen Sie mich.« Es bricht auch als Klagen, als Schreie heraus. Es bricht auf alle möglichen Weisen heraus, wie es will. Es bricht heraus. Sie läßt es geschehen. D. sagt: »Wir müssen hingehen, sie sind im Gaumont, sie warten auf uns, aber machen wir uns zuvor einen Kaffee.« D. hat das gesagt, damit sie zuvor eine Tasse Kaffee trinkt. D. lacht. Er hört nicht auf zu reden: »Ah! Er ist ein Teufelskerl . . . wie haben wir nur denken können, daß sie ihn . . . aber Robert ist doch nicht auf den Kopf gefallen . . . er wird sich bis zum letzten Augenblick versteckt haben . . . wir haben geglaubt, daß er sich nicht zu helfen weiß, so wie er aussieht.« D. ist im Badezimmer. Er hat gesagt: »so wie er aussieht«. Sie lehnt sich an den Wandschrank in der Küche. Das stimmt, er sieht nicht aus wie alle Welt. Er war zerstreut. Er sah nie so aus, als würde er etwas sehen, immer auf dem Weg ins Herz der absoluten Güte. Sie lehnt sich immer noch an den Wandschrank in der Küche. Immer auf dem Weg zum Zentrum des absoluten Schmerzes des Denkens. Sie macht Kaffee. D. sagt noch einmal: »In zwei Tagen werden wir ihn ankommen sehen.« Der Kaffee ist fertig. Der Geschmack des heißen Kaffees: Er lebt. Ich ziehe mich ganz schnell an. Ich habe eine Kory-drantablette eingenommen. Immer noch Fieber, ich bin schweißgebadet. Die Straßen sind leer. D. geht schnell. Wir kommen im Gaumont an, das als Durchgangslager umgebaut ist. Wie verabredet fragen wir nach Hélène D. Sie kommt, sie lacht. Mir ist kalt. Wo sind sie? Im Hotel. Sie führt uns hin.

Das Hotel. Alle Lichter brennen. Es ist ein Hin und Her von Leuten, von Männern in den gestreiften Anzügen der Deportierten und von Assistentinnen in weißen Kitteln. Die ganze Nacht über kommen welche an. Hier ist das Zimmer, die Assistentin geht weg. Ich sage zu D.: »Klop-fen Sie an.« Das Herz macht Sprünge, ich werde nicht hineingehen können. D. klopft an. Ich gehe mit ihm hinein. Am Fuß eines Bettes stehen zwei Personen, ein Mann und eine Frau. Sie sagen nichts. Es sind Verwandte. Im Bett liegen zwei Deportierte. Der eine von ihnen schläft, er ist vielleicht zwanzig Jahre alt. Der andere lächelt mir zu. Ich frage: »Sind Sie Perrotti?« – »Das bin ich.« – »Ich bin die Frau von Robert L.« – »Wir haben ihn vor zwei Tagen verlassen.« – »Wie ging es ihm?« Perrotti sieht D. an: »Einige waren viel erschöpfter als er.« Der Junge ist wachgeworden: »Robert L.? Ach ja, wir sollten mit ihm flüchten.« Ich habe mich neben das Bett gesetzt. Ich frage: »Nahmen sie Erschießungen vor?« Die beiden jungen Leute sehen sich an, sie antworten nicht sofort. »Nun ja . . . sie hatten aufgehört mit dem Erschießen.« D. ergreift das Wort: »Ist das sicher?« Perrotti antwortet. »An dem Tag, als wir weg sind, hatten sie seit zwei Tagen aufgehört zu erschießen.« Die beiden Deportierten spre-chen miteinander. Der Junge fragt: »Woher weißt du das?« – »Der russische Kapo hat es mir gesagt.« Ich: »Was

49

hat er Ihnen gesagt?« – »Er hat mir gesagt, daß sie den Befehl erhalten hatten, keinen mehr zu erschießen.« Der Junge: »Es gab Tage, an denen sie Erschießungen vornahmen, und an anderen nicht.« Perrotti sieht mich an, er sieht D. an, er lächelt: »Wir sind sehr erschöpft, Sie müssen entschuldigen.« D. hat die Augen starr auf Perrotti gerichtet: »Wie kommt es, daß er nicht bei Ihnen ist?« – »Wir haben ihn bei der Abfahrt des Zuges zusammen gesucht, aber wir haben ihn nicht gefunden.« – »Dabei haben wir gründlich gesucht.« – »Wie kommt es, daß Sie ihn nicht gefunden haben?« – »Es war dunkel«, sagt Perrotti, »außerdem waren wir trotz allem noch zahlreich.« – »Haben Sie ihn gründlich gesucht?« – »Nun ja . . .« Sie sehen sich an. »Oh ja«, sagt der Junge, »was das angeht . . . wir haben ihn sogar gerufen, obwohl das gefährlich war.« – »Er ist ein guter Kamerad«, sagt Perrotti, »wir haben ihn gesucht, er hielt Vorträge über Frankreich.« – »Er sprach, das war sehenswert, er bezauberte seine Zuhörer . . .« Ich: »Wenn Sie ihn nicht gefunden haben, dann lag es wohl daran, daß er nicht mehr da war? Daß er erschossen worden war?« D. kommt jetzt ans Bett, seine Gebärden sind heftig, er ist zornig, er hält sich zurück, er ist fast ebenso blaß wie Perrotti. »Wann haben Sie ihn zum letzten Mal gesehen?« Die beiden sehen sich an. Ich höre die Stimme der Frau: »Die beiden sind müde.« Es ist, als ob man Schuldige verhörte, wir gönnen ihnen keine Sekunde Ruhe. »Ich habe ihn jedenfalls gesehen«, sagt der Junge, »ich bin ganz sicher.« Er schaut ins Unbestimmte und sagt noch einmal, daß er sicher sei, aber er ist sich überhaupt nicht sicher. Nichts wird D. zum Schweigen bringen. »Versuchen Sie sich zu erinnern, wann Sie ihn zum letzten Mal gesehen haben.« – »Ich habe ihn in der

Marschkolonne gesehen, erinnerst du dich nicht? Auf der rechten Seite? Es war noch hell ... eine Stunde, bevor wir am Bahnhof ankamen.« Der Junge: »Wir waren todmüde ... auf jeden Fall habe ich ihn nach seiner Flucht gesehen, ich bin ganz sicher, weil wir uns sogar abgesprochen hatten, von dort, vom Bahnhof, aufzubrechen.« – »Was? Seine Flucht?« – »Ja, er hat versucht zu fliehen, aber man hat ihn wieder geschnappt ...« – »Was? Hat man denn die, die flohen, nicht erschossen? Sie sagen nicht die Wahrheit.« Perrotti kann nicht mehr erzählen, nichts mehr, sein Gedächtnis ist zertrümmert, er verliert den Mut. »Aber wir sagen Ihnen doch, daß er zurückkommen wird.« In diesem Augenblick fährt D. heftig dazwischen. Er sagt zu mir, ich solle den Mund halten, dann fängt er wieder von vorn an: »Wann ist er geflohen?« Sie sehen sich an. »War es am Tag zuvor?« – »Ich glaube ja.« D. fragt, er fleht: »Strengen Sie sich an, wir bitten um Entschuldigung ... aber versuchen Sie, sich zu erinnern.« Perrotti lächelt. »Ich verstehe das gut, aber wir sind so erschöpft ...« Sie schweigen einen Augenblick. Totale Stille. Dann der Junge: »Ich bin sicher, daß ich ihn gesehen habe, nachdem er geflohen war, ich habe ihn in der Marschkolonne gesehen, ich bin jetzt ganz sicher.« Perrotti: »Wann? Wie?« – »Mit Girard, auf der rechten Seite, ich bin ganz sicher.« Ich sage noch einmal: »Woher wissen Sie, daß sie Erschießungen vornahmen?« Perrotti: »Da brauchen Sie keine Befürchtungen zu haben, das hätten wir erfahren, wir erfuhren es immer, die SS nahm die Erschießungen am Ende der Marschkolonne vor, dann sagten es die Kumpels weiter bis zur Spitze der Kolonne.« D.: »Wir wüßten gern, warum Sie ihn nicht gefunden haben.« – »Es war stockdunkel«, fängt Perrotti wieder an.

»Vielleicht ist er ein zweites Mal geflohen«, sagt der Junge. »Auf jeden Fall haben Sie ihn nach seiner ersten Flucht gesehen.« – »Ganz sicher«, sagt Perrotti, »so sicher wie das Amen in der Kirche.« – »Was hat man mit ihm gemacht?« – »Na ja, man hat ihn verprügelt . . . Philippe kann Ihnen das besser sagen als ich, er war sein Kamerad.« Ich: »Wie kommt es, daß sie ihn nicht erschossen haben?« – »Die Amerikaner waren so nahe, sie hatten keine Zeit mehr. – Und außerdem kam's auch ganz drauf an«, sagte der Junge. Ich: »Sie hatten sich vor der Flucht miteinander abgesprochen, gemeinsam zum Bahnhof zu fliehen?« Schweigen, sie sehen sich an. »Verstehen Sie«, sagt D., »wenn Sie hinterher mit ihm gesprochen hätten, wäre das eine Gewißheit mehr.« Nein, sie wissen es nicht mehr, daran können sie sich nicht mehr erinnern. Sie erinnern sich an gewisse Bewegungen in der Kolonne, an gewisse Gebärden der Kameraden, als sie sich in die Gräben stürzten, um sich zu verstecken, auch an die Amerikaner, die überall waren, erinnern sie sich. Aber an alles andere erinnern sie sich nicht mehr.

Es beginnt ein neuer Abschnitt des Martyriums. Deutschland steht in Flammen. Er ist mitten in Deutschland. Es ist nicht ganz sicher, nicht ganz. Aber soviel kann man sagen: wenn er nicht erschossen worden ist, wenn er in der Marschkolonne geblieben ist, dann ist er mitten in der Feuersbrunst Deutschlands.

Es ist halb zwölf Uhr vormittags. Das Telefon klingelt.
Ich bin allein, ich nehme den Hörer ab. Es ist François
Mitterand, genannt Morland. »Philippe ist angekommen,
er hat Robert vor acht Tagen gesehen. Es ging ihm gut.«
Ich erkläre: »Ich habe Perrotti gesehen, es sieht so aus, als
sei Robert geflohen und wieder geschnappt worden. Was
weiß Philippe?« François: »Das ist richtig, er hat zu fliehen
versucht, er ist von Kindern gefaßt worden.« Ich: »Wann
ist er zum letzten Mal gesehen worden?« Schweigen. François: »Sie sind zusammen geflohen, Philippe war ziemlich
weit weg, die Deutschen haben ihn nicht gesehen. Robert
war am Straßenrand, er ist geschlagen worden. Philippe
hat gewartet, er hat keine Schüsse gehört.« Schweigen.
»Ist das sicher?« – »Das ist sicher.« – »Das ist wenig. Er hat
ihn hinterher nicht mehr gesehen?« Schweigen. »Nein,
denn Philippe war nicht mehr da, er ist ja geflohen.« –
»Wann war das?« – »Das war am Dreizehnten.« Ich weiß,
daß alle diese Berechnungen von François Morland gemacht worden sind, daß ihm nicht der geringste Irrtum
unterlaufen ist. »Was soll ich denken?« – »Keine Frage«,
sagt François, »er muß wiederkommen.« Ich: »Nahmen
sie in der Marschkolonne Erschießungen vor?« Schweigen. »Das kam drauf an. Kommen Sie in die Druckerei.«
»Nein, ich bin müde. Was meint Philippe?« Schweigen.
»Keine Frage, er muß innerhalb von achtundvierzig Stunden hier sein.« Ich: »Wie geht es Philippe?« – »Sehr erschöpft, er sagt, daß Robert noch durchhielt, daß es Robert besser ging als ihm.« – »Weiß er etwas über den
Bestimmungsort des Transports?« – »Nein, keine Ahnung.« Ich: »Erzählen Sie mir auch keine Märchen?« –
»Nein. Kommen Sie in die Druckerei.« – »Nein, ich

komme nicht. Sagen Sie: und wenn er in achtundvierzig Stunden nicht hier ist?« – »Was soll ich Ihnen darauf antworten?« – »Warum haben Sie diese Zahl genannt, achtundvierzig Stunden?« – »Weil sie Philippe zufolge zwischen dem Vierzehnten und dem Fünfundzwanzigsten befreit worden sind. Es kann also nicht anders sein.«

Perrotti am Zwölften geflohen, am Vierundzwanzigsten zurückgekommen. Philippe am Dreizehnten geflohen, am Vierundzwanzigsten zurückgekommen. Man muß zwischen zehn und zwölf Tage rechnen. Robert müßte morgen oder übermorgen da sein, vielleicht morgen.

Donnerstag, den 26. April

D. hat den Doktor gerufen, immer noch Fieber. Madame Kats, die Mutter meiner Freundin Jeanine Kats, hat sich bei mir einquartiert, bis ihre nach Ravensbrück deportierte Tochter mit Marie-Louise, der Schwester Roberts, zurückkommt. Riby hat angerufen, er hat Robert verlangt. Er war in der Kolonne, er ist vor Perrotti geflohen, er ist vor ihm heimgekommen.

Freitag, den 27. April

Nichts. Weder in der Nacht noch am Tag. D. bringt mir die Zeitschrift *Combat*. In letzter Minute haben die Russen eine Metrostation in Berlin eingenommen. Doch Jukows Kanonen haben Berlin immer noch umstellt und belegen seine Ruinen im Abstand von jeweils achtzig Metern mit Trommelfeuer. Stettin und Brünn werden eingenommen. Die Amerikaner stehen an der Donau. Ganz Deutschland befindet sich in den Händen der Amerikaner. Es ist schwierig, ein Land zu besetzen. Was können sie damit anfangen? Ich bin wie Madame Bordes geworden, ich stehe nicht mehr auf. Madame Kats macht die Besorgungen und Einkäufe, sie kocht. Sie hat ein krankes Herz. Sie hat amerikanische Milch für mich gekauft. Wenn ich wirklich krank wäre, ich glaube, dann würde Madame Kats weniger an ihre Tochter denken. Ihre Tochter ist behindert, sie hatte ein steifes Bein als Folge einer Knochentuberkulose, sie war Jüdin. Ich habe im Auffanglager erfahren, daß sie Krüppel und Körperbehinderte umgebracht haben. Was die Juden angeht, so weiß man langsam Bescheid. Madame Kats hat sechs Monate lang gewartet, von April bis November 1945. Ihre Tochter ist im März 1945 gestorben, man hat ihr ihren Tod im November 1945 bekanntgegeben, es hat neun Monate gedauert, bis man den Namen gefunden hatte. Ich spreche mit ihr nicht über Robert L. Sie hat die Personenbeschreibung ihrer Tochter überall angegeben, in den Auffanglagern, an allen Grenzen, bei ihrer ganzen Familie, man kann nie wissen. Sie hat fünfzig Dosen amerikanische Milch gekauft, zwanzig Kilo Zucker, zehn Kilo Marmelade, Kalzium, Phosphat, Alkohol, Kölnisch Wasser, Reis, Kartoffeln. Madame Kats sagt wortwörtlich: »Ihre ganze Wäsche ist gewaschen, geflickt, gebügelt. Ich habe das Futter ihres schwarzen Mantels erneuern lassen, ich habe die Taschen annähen lassen. Ich hatte alles in einen großen Koffer getan mit Mottenpulver, ich habe alles an die Luft gehängt, es ist alles bereit. Ich habe ihre Schuhe neu besohlen lassen, und ich habe ihre Strümpfe gestopft. Ich glaube, ich habe nichts vergessen.« Madame Kats fordert Gott heraus.

Nichts. Das schwarze Loch. Kein Licht geht an. Ich
rekonstruiere die Folge der Tage, aber da ist ein Vakuum,
ein Abgrund zwischen dem Augenblick, in dem Philippe
keinen Schuß gehört hat und dem Bahnhof, auf dem
niemand Robert L. gesehen hat. Ich stehe auf. Madame
Kats ist zu ihrem Sohn gegangen. Ich habe mich angezogen, sitze neben dem Telefon. D. kommt. Er verlangt, daß
ich mit ihm ins Restaurant essen gehe. Das Restaurant ist
voll. Die Leute reden vom Ende des Krieges. Ich habe
keinen Hunger. Alle reden von den deutschen Greueln.
Ich habe nie wieder Hunger. Ich bin angeekelt von dem,
was die andern essen. Ich will sterben. Ich bin mit einem
Rasiermesser von der übrigen Welt abgeschnitten, sogar
von D. Die höllische Rechnung: wenn ich bis heute abend
keine Nachricht von ihm habe, dann ist er tot. D. sieht
mich an. Er kann mich ruhig ansehen, er ist tot. Ich kann
es noch so oft sagen. D. wird mir nicht glauben. Die
Prawda schreibt: »Für Deutschland hat die zwölfte Stunde
geschlagen. Der Ring aus Feuer und Eisen um Berlin wird
enger.« Es ist vorbei. Er wird nicht da sein für den
Frieden. Die italienischen Partisanen haben Mussolini in
Faenza gefangengenommen. Ganz Norditalien ist in den
Händen der Partisanen. Mussolini gefangen, sonst weiß
man nichts. Thorez spricht von der Zukunft, er sagt, daß
man arbeiten muß. Ich habe alle Zeitungen für Robert L.
aufgehoben. Wenn er zurückkommt, werde ich mit ihm
essen. Vorher, nein. Ich denke an die deutsche Mutter des
kleinen, sechzehnjährigen Soldaten, der am siebzehnten
August 1944 allein, auf einem Steinhaufen am Quai des
Arts liegend, mit dem Tod rang, sie wartet immer noch
auf ihren Sohn. Jetzt, wo de Gaulle an der Macht ist, wo

er der geworden ist, der vier Jahre lang unsere Ehre gerettet hat, wo er sich im vollen Tageslicht zeigt, geizig mit Komplimenten für das Volk, hat er etwas Erschreckendes, etwas Furchtbares. Er sagt: »Solange ich da bin, läuft der Laden.« De Gaulle wartet auf nichts mehr als auf den Frieden, nur wir warten noch, mit einem Warten wie zu allen Zeiten, dem Warten der Frauen zu allen Zeiten, an allen Orten dieser Welt: dem Warten auf die Männer, die aus dem Krieg heimkommen. Wir gehören zu jener Seite der Welt, wo die Toten in einem unentwirrbaren Leichenhaufen übereinandergestapelt sind. Und das geschieht in Europa. Dort verbrennt man die Juden, zu Millionen. Dort beweint man sie. Das erstaunte Amerika sieht zu, wie die riesigen Krematorien Europas rauchen. Ich muß an diese alte Frau mit den grauen Haaren denken, die wehklagend auf Nachrichten von diesem Sohn warten wird, der so allein war im Tod, sechzehn Jahre alt, am Quai des Arts. Vielleicht hat den meinen jemand gesehen, wie ich diesen gesehen habe, in einem Graben, während seine Hände zum letzten Mal riefen und seine Augen nicht mehr sahen. Jemand, der nie wissen wird, was dieser Mann für mich war, und von dem ich nie wissen werde, wer er ist. Wir gehören zu Europa, dort geschieht das, in Europa, wo wir zusammen eingeschlossen sind im Angesicht der übrigen Welt. Um uns herum die gleichen Ozeane, die gleichen Invasionen, die gleichen Kriege. Wir gehören zur Rasse derer, die in den Krematorien verbrannt werden, und zu den Vergasten von Maidanek, wir gehören auch zur Rasse der Nazis. Die gleichmachende Funktion der Krematorien von Buchenwald, des Hungers, der Massengräber von Bergen-Belsen, an diesen Gräbern haben auch wir unseren Teil, diese so unglaublich identischen Skelette sind die einer europäischen Familie. Nicht auf einer Sundainsel oder in einer entlegenen Gegend des Pazifiks haben diese Ereignisse stattgefunden, sondern auf unserem Boden, auf dem Boden Europas. Die vierhunderttausend Skelette der deutschen Kommunisten, die zwischen 1933 und 1938 in Dora umgekommen sind, liegen ebenfalls in dem großen europäischen Massengrab, mit den Millionen Juden und dem Gottesbegriff dazu, für jeden Juden, dem Gottesbegriff für jeden Juden. Die Amerikaner sagen: »Es gibt im Augenblick nicht einen einzigen Amerikaner, sei er Friseur in Chicago, sei er Bauer in Kentucky, der nicht weiß, was sich in den Konzentrationslagern in Deutschland abgespielt hat.« Die Amerikaner wollen uns die wunderbare Mechanik der amerikanischen Kriegsmaschine illustrieren, sie verstehen darunter die Beruhigung des Bauern und des Friseurs, die sich zu Anfang nicht sicher waren über die Gründe, deretwegen man ihre Söhne eingezogen hat, um an der europäischen Front zu kämpfen. Wenn man ihnen die Hinrichtung Mussolinis melden wird, der an Fleischerhaken aufgehängt wurde, werden die Amerikaner aufhören zu verstehen, sie werden schockiert sein.

28. April

Jene, die auf den Frieden warten, warten nicht, warten auf nichts. Es gibt immer weniger Gründe, warum man keine Nachricht erhält. Der Frieden taucht schon auf. Es ist wie eine tiefe Nacht, die kommen würde, es ist auch der Beginn des Vergessens. Der Beweis dafür ist schon da: Paris ist bei Nacht hell erleuchtet. Die Place Saint-

Germain-de-Près ist wie von Scheinwerfern angestrahlt. Die Deux Magots sind gerammelt voll. Es ist noch zu kalt, als daß es auf der Terrasse Leute gäbe. Aber auch die kleinen Restaurants sind gerammelt voll. Ich bin aus dem Haus gegangen, ich hatte den Eindruck, daß der Frieden unmittelbar bevorsteht. Ich bin schnell wieder nach Hause gegangen, verfolgt vom Frieden. Ich habe erfaßt, daß eine mögliche Zukunft kommen würde, daß eine fremde Erde aus diesem Chaos auftauchen würde und daß dort niemand mehr warten würde. Ich habe hier nirgends einen Platz, ich bin nicht hier, sondern dort bei ihm, in diesem Bereich, der für die andern unzugänglich ist, der für die andern unkenntlich ist, dort, wo es brennt und wo man tötet. Ich hänge an einem Faden, die letzte der Wahrscheinlichkeiten, die, die in den Zeitungen keinen Platz haben wird. Die erleuchtete Stadt hat für mich nur noch diese eine Bedeutung: sie ist das Zeichen des Todes, das Zeichen eines Morgens ohne sie. Es gibt nichts Aktuelles mehr in dieser Stadt, nur noch für uns, die wir warten. Für uns ist sie die, die sie nicht sehen werden. Alle sind ungeduldig, daß der Frieden so lange auf sich warten läßt. Worauf warten sie, um den Frieden zu unterzeichnen? Man hört diesen Satz überall. Die Bedrohung wird jeden Tag größer. Heute erfahren wir, daß Hitler im Sterben liegt. Himmler hat es in einem letzten Aufruf im deutschen Rundfunk gesagt und machte gleichzeitig den Alliierten ein Kapitulationsangebot. Berlin brennt, wird nur noch von den ›dreißig Selbstmordbataillonen‹ verteidigt, und in Berlin soll sich Hitler eine Revolverkugel durch den Kopf geschossen haben. Hitler soll tot sein, doch die Nachricht ist noch nicht sicher.

Die ganze Welt wartet. Himmler erklärt in seiner Botschaft, »daß Hitler im Sterben liegt und daß er die Verkündung der bedingungslosen Kapitulation nicht überleben wird«. Sie wäre für ihn ein tödlicher Schock. Die USA und England haben geantwortet, daß sie die Übergabe nur in Solidarität mit der UdSSR annähmen. Himmler hat sein Kapitulationsangebot an die Konferenz von San Francisco geschickt. In letzter Minute meldet *Combat*, daß das Kapitulationsangebot auch an Rußland gerichtet sei. Die Stalinisten wollen Mussolini nicht an die Alliierten ausliefern. Mussolini, schreiben die Zeitungen, müsse durch die Hand des Volkes büßen. Farinacci ist durch ein Volksgericht verurteilt worden, er ist auf dem Marktplatz einer großen Stadt in Gegenwart einer beachtlichen Menge hingerichtet worden. In San Francisco gibt es schwierige Stunden für Europa, es ist in der Minderheit. Stettinius führt den Vorsitz. *Combat* schreibt: »Angesichts des Schauspiels, das die Großen bieten, heben die kleinen Mächte wieder den Kopf.« Man spricht bereits von der Zeit nach dem Frieden.

Sie sind sehr zahlreich, die Toten sind wirklich sehr zahlreich. Sieben Millionen Juden sind ausgerottet worden, in Viehwaggons abtransportiert und dann in Gaskammern vergast, die man zu diesem Zweck gebaut hat, und dann in Krematoriumsöfen verbrannt, die man zu diesem Zweck gebaut hat. Man spricht in Paris noch nicht von den Juden. Ihre Neugeborenen sind dem Korps der Frauen anvertraut worden, MIT DEM ERWÜRGEN DER JÜDISCHEN KINDER BEAUFTRAGTE FRAUEN, Expertinnen in der Kunst, durch einen Druck auf die Halsschlagader zu töten. Mit einem Lächeln, es ist schmerzlos, sagen sie. Dieses neue Gesicht des organisierten, rationalisierten Todes, das in Deutschland entdeckt wurde, bringt zunächst einmal aus der Fassung, bevor es empört. Man ist erstaunt. Wie kann man noch Deutscher sein? Man sucht anderswo, in anderen Zeiten Entsprechungen. Es gibt nichts. Manche werden geblendet bleiben, unheilbar. Eine der größten zivilisierten Nationen der Welt, die Hauptstadt der Musik aller Zeiten, hat gerade elf Millionen Menschen auf die methodische, perfekte Weise einer Staatsindustrie umgebracht. Die ganze Welt schaut auf den Berg, auf die Masse Tod, den das Geschöpf Gottes seinem Nächsten gegeben hat. Man zitiert den Namen so manches deutschen Literaten, der betroffen gewesen ist und sehr düster geworden ist und dem diese Dinge zu denken gegeben haben. Wenn dieses Naziverbrechen nicht auf die Ebene der ganzen Welt ausgeweitet wird, wenn es nicht auf der Kollektivebene verstanden wird, dann ist der Konzentrationslagermensch von Bergen-Belsen, der allein gestorben ist mit einer Kollektivseele und einem Klassenbewußtsein, dem gleichen Klassenbewußtsein, mit dem er in einer bestimmten Nacht, an einem bestimmten Ort, ohne Anführer, ohne Uniform, ohne Zeugen den Schraubenbolzen des Schienenstrangs in die Luft sprengte, verraten worden. Wenn man aus den Nazigreueln ein deutsches Schicksal macht und nicht ein Kollektivschicksal, schränkt man den Menschen von Bergen-Belsen auf die Dimensionen einer Regionalfigur ein. Die einzige Antwort, die sich auf dieses Verbrechen geben läßt, ist die, daraus ein Verbrechen aller zu machen. Es zu teilen. Ebenso wie die Idee der Gleichheit, der Brüderlichkeit. Um es zu ertragen, um die Vorstellung davon auszuhalten, das Verbrechen teilen.

Ich weiß nicht mehr, an welchem Tag es war, ob es noch ein Tag im April war, nein, es war ein Tag im Mai, da hat eines Morgens um elf Uhr das Telefon geklingelt. Der Anruf kam aus Deutschland, es war François Morland. Er sagt nicht guten Tag, er ist fast brutal, klar und deutlich wie immer. »Hören Sie gut zu. Robert lebt. Beruhigen Sie sich. Ja. Er ist in Dachau. Hören Sie mit allen Ihren Kräften weiter zu. Robert ist sehr schwach, so schwach, wie Sie sich das nicht vorstellen können. Ich muß es Ihnen sagen: es ist eine Frage von Stunden. Er kann noch drei Tage leben, aber nicht länger. D. und Beauchamp müssen noch heute aufbrechen, noch heute morgen, um nach Dachau zu kommen. Sagen Sie ihnen folgendes: Sie sollen sich sofort mit meinem Kabinettchef in Verbindung setzen, er weiß Bescheid, sie werden französische Offiziersuniformen bekommen, Pässe, Dienstaufträge, Benzingutscheine, die Generalstabskarten, die Passierscheine. Sie müssen sich sofort mit ihm in Verbindung setzen. Es ist das einzige, was man noch tun kann. Über die offiziellen Stellen würden sie zu spät kommen.

François Morland und Rodin hatten zu einer Mission gehört, die Pater Riquet organisiert hatte, sie waren nach Dachau gefahren, und dort hatten sie Robert L. gefunden. Sie waren in den verbotenen Teil des Lagers gelangt, wo die Toten und die hoffnungslosen Fälle lagen. Und dort hatte einer von ihnen ganz deutlich seinen Vornamen ausgesprochen: »François.« François, und dann hatten sich die Augen wieder geschlossen. Rodin und Morland hatten eine Stunde gebraucht, bis sie Robert L. wiedererkannten. Es war Rodin, der ihn am Ende an seinen Zähnen wiedererkannt hatte. Sie hatten ihn in ein Bettuch eingerollt, wie man es mit den Toten tut, und sie hatten ihn aus dem verbotenen Teil des Lagers herausgetragen und ihn an einem Barackenlager in dem Teil des Lagers abgestellt, wo sich die Überlebenden befanden. Es waren keine amerikanischen Soldaten im Lager, deshalb hatten sie es tun können, sie waren alle in der Wachstube, aus Angst vor dem Typhus.

Beauchamp und D. sind noch am selben Tag von Paris aus aufgebrochen, in den frühen Nachmittagsstunden. Es war am zwölften Mai, dem Tag des Friedens. Beauchamp trug die Colonelsuniform von François Morland. D. war als französischer Oberleutnant gekleidet, er hatte seine Papiere als Widerstandskämpfer auf den Namen D. Masse dabei. Sie sind die ganze Nacht über gefahren und am andern Morgen in Dachau angekommen. Sie haben Robert L. mehrere Stunden lang gesucht, dann, in der Nähe eines Körpers, haben sie den Vornamen von D. gehört. Ich glaube, daß sie ihn nicht wiedererkannt haben, aber Morland hatte sie darauf vorbereitet, daß er nicht wiederzuerkennen sei. Sie haben ihn mitgenommen. Und danach erst haben sie ihn offenbar wiedererkannt. Sie hatten unter ihren Kleidern eine dritte französische Offiziersuniform. Man mußte ihn aufrecht halten, er konnte es nicht mehr allein tun, aber es ist ihnen gelungen, ihn anzuziehen. Man mußte ihn daran hindern, vor den Baracken SS-Leute zu grüßen, mußte ihn an den Wachtposten vorbeischaffen, ihm die Impfungen ersparen, die ihn getötet hätten. Die amerikanischen Soldaten, Schwarze in der Mehrzahl, trugen Gasmasken gegen den Typhus. Darin lag das Entsetzliche. Die Anweisungen waren dergestalt, daß sie, hätten sie den wirklichen Zustand von Robert L. geahnt, ihn auf der Stelle in die Sterbekammer des Lagers zurückgebracht hätten. Als sie Robert L. dann einmal draußen hatten, mußten sie ihn bis zum Auto gehen lassen, einem ›11 Légère‹. Als sie ihn dann auf den Rücksitz gelegt hatten, fiel Robert L. in Ohnmacht. Sie haben geglaubt, es sei aus, aber nein. Die Reise war sehr anstrengend, sehr lang. Sie mußten alle halbe Stunde anhalten wegen der Ruhr. Sobald sie sich von Dachau entfernt hatten, hat Robert L. gesprochen. Er sagte, er wisse, daß er nicht lebend nach Paris komme. Dann fing er an zu erzählen, damit es vor seinem Tod gesagt würde. Robert L. hat niemanden angeklagt, keine Rasse, kein Volk, er hat den Menschen angeklagt. Dem Grauen entronnen, sterbend, im Fieber redend, hatte Robert L. noch diese Kraft, niemanden anzuklagen, nur die Regierungen, die in der Geschichte der Völker vorübergehen. D. und Beauchamp sollten mir nach seinem Tod erzählen, was er gesagt hatte. Sie haben die französische Grenze noch am selben Abend erreicht, es war in der Gegend von Wissembourg. D. hat mich angerufen: »Wir haben Frankreich erreicht. Wir haben gerade die Grenze passiert. Wir werden morgen am späten Vormittag da sein. Machen Sie sich auf das Schlimmste gefaßt: Sie werden ihn nicht wiedererkennen.« Sie haben in einer Offiziersmesse zu Abend gegessen. Robert sprach und erzählte immer noch. Als er in die Offiziersmesse kam, waren alle Offiziere aufgestanden und hatten Robert L. gegrüßt. Robert L. hatte es nicht gesehen. Diese Dinge hatte er nie gesehen. Er sprach vom deutschen Martyrium, von diesem Martyrium, das allen Menschen gemein ist. Er erzählte. An diesem Abend hat er gesagt, daß er eine Forelle essen wolle, bevor er sterbe. Im menschenleeren Wissembourg hat man für Robert L. eine Forelle gefunden. Er hat einige Bissen davon gegessen. Dann fing er wieder an zu reden. Er sprach von der Nächstenliebe.

Er hatte einige Sätze von Pater Riquet gehört, und er sagte diesen sehr dunklen Satz: »Wenn mir jemand von christlicher Nächstenliebe spricht, werde ich Dachau sagen.« Er hat seinen Satz nicht zu Ende gesagt. In dieser Nacht haben sie bei Bar-sur-Aube geschlafen. Robert L. hat einige Stunden geschlafen. Am späten Vormittag haben sie Paris erreicht. Kurz bevor sie in die Rue Saint-Benoit kamen, hat D. gehalten, um noch einmal anzurufen. »Ich rufe Sie noch einmal an, um Ihnen zu sagen, daß es schlimmer ist als alles, was wir uns vorgestellt haben. Er ist glücklich.«

Ich hörte im Treppenhaus verhaltene Schreie, ein Hin- und Hergeschiebe, Getrampel. Dann Türenschlagen und Schreie. Das war's. Sie waren es, sie kamen aus Deutschland zurück.

Ich konnte ihm nicht ausweichen. Ich bin die Treppe hinunter, um auf die Straße zu laufen. Beauchamp und D. hielten ihn unter den Achseln. Sie waren auf dem Treppenabsatz der ersten Etage stehengeblieben. Er sah nach oben.

Ich weiß nicht mehr genau. Er hat mich wohl angesehen und mich erkannt und gelächelt. Ich habe nein geschrien, daß ich nicht sehen wolle. Ich bin die Treppe wieder hinaufgelaufen. Ich brüllte die ganze Zeit, daran erinnere ich mich noch. Der Krieg brach als Gebrüll heraus. Sechs Jahre, ohne zu schreien. Ich fand mich bei Nachbarn wieder. Sie zwangen mich, Rum zu trinken, sie schütteten ihn mir in den Mund. In die Schreie.

Ich weiß nicht mehr, wann ich vor ihm gestanden bin, vor ihm, Robert L. Ich erinnere mich an Schluchzen überall im Haus, daß die Mieter lange im Treppenhaus stehenblieben, daß die Türen offenstanden. Man hat mir hinterher gesagt, daß die Concierge die Eingangstür geschmückt hatte, um ihn zu empfangen, und daß sie, als er vorbei war, alles heruntergerissen hat und sich in ihrer Hausmeisterloge eingeschlossen hat, unnahbar, um zu weinen.

In meiner Erinnerung hören die Geräusche in einem bestimmten Augenblick auf, und ich sehe ihn. Riesig. Vor mir. Ich erkenne ihn nicht wieder. Er sieht mich an. Er lächelt. Er läßt sich ansehen. In seinem Lächeln zeigt sich eine übernatürliche Erschöpfung, die, daß es ihm gelungen ist, bis zu diesem Augenblick zu leben. An diesem Lächeln erkenne ich ihn plötzlich, aber aus sehr weiter Entfernung, als ob ich ihn am Ende eines Tunnels sähe. Es ist ein Lächeln der Verlegenheit. Er entschuldigt sich, daß es so weit mit ihm gekommen ist, zum Abfall heruntergekommen. Und dann erlischt sein Lächeln. Und er wird wieder ein Unbekannter. Aber das Wissen ist da, daß dieser Unbekannte er ist, Robert L. in seiner Totalität.

Er hatte das Haus wiedersehen wollen. Man hatte ihn gestützt, und er war durch die Zimmer gegangen. Seine Wangen bekamen Falten, aber sie lösten sich nicht von der Kinnlade, man sah sein Lächeln nur in den Augen. Als er durch die Küche gegangen war, hatte er den versenkten Kirschkuchen gesehen, den man für ihn gebacken hatte. Er hat aufgehört zu lächeln: »Was ist das?« Man hatte es ihm gesagt. Womit war er gemacht? Mit Kirschen, es war die Kirschenzeit. »Darf ich davon essen?« – »Wir wissen es nicht, der Arzt wird das entscheiden.« Er war ins Wohnzimmer zurückgekommen, er hatte sich aufs Sofa gelegt. »Dann darf ich nicht davon essen?« – »Noch nicht.« – »Warum nicht?« – »Weil es in Paris schon Unglücksfälle gegeben hat, weil man den Deportierten bei der Rückkehr aus den Lagern zu schnell zu essen gab.«

Er hatte aufgehört, Fragen zu stellen über das, was sich während seiner Abwesenheit zugetragen hatte. Er hatte aufgehört, uns zu sehen. Sein Gesicht hatte sich wieder mit einem heftigen und stummen Schmerz bedeckt, weil ihm die Nahrung wieder verweigert worden war, weil es genauso weiterging wie im Konzentrationslager. Und wie im Lager hatte er es schweigend hingenommen. Er hatte nicht gesehen, daß wir weinten. Er hatte auch nicht gesehen, daß wir ihn kaum ansehen konnten, ihm kaum antworten konnten.

Der Arzt ist gekommen. Er ist abrupt stehengeblieben, die Hand auf der Türklinke, sehr blaß. Er hat uns angesehen, dann hat er die Gestalt auf dem Sofa angesehen. Er verstand nicht. Und dann hat er verstanden: diese Gestalt war noch nicht tot, sie schwebte noch zwischen Leben und Tod, und man hatte ihn gerufen, ihn, den Arzt, damit er versuche, sie noch am Leben zu erhalten. Der Arzt ist hereingekommen. Er ist bis zu der Gestalt gegangen, und die Gestalt hat ihn angelächelt. Dieser Arzt wird drei Wochen lang mehrere Male am Tag kommen, zu jeder Tages- und Nachtzeit. Sobald die Angst zu groß wurde, riefen wir ihn, er kam. Er hat Robert L. gerettet. Auch er war von der Leidenschaft durchdrungen, Robert L. vom Tod zu erretten. Es ist ihm gelungen.

Wir haben den versenkten Kirschkuchen aus der Wohnung geschafft, während er schlief. Am nächsten Tag war das Fieber da, er hat nicht mehr vom Essen gesprochen.

Wenn er sofort nach der Rückkehr aus dem Lager gegessen hätte, wäre sein Magen unter dem Gewicht der aufgenommenen Nahrung zerrissen, oder aber das Gewicht der Nahrung hätte ihm aufs Herz gedrückt, das in der Höhle seiner Magerkeit riesig geworden war: es schlug so schnell, daß man seine Schläge nicht hätte zählen können, daß man nicht hätte sagen können, daß es wirklich schlug, sondern daß es unter der Wirkung des Schreckens zitterte. Nein, er konnte nicht essen, ohne zu sterben. Er konnte aber auch noch nicht ohne Essen bleiben, ohne daran zu sterben. Und genau das war die Schwierigkeit.

Der Kampf mit dem Tod hat sehr schnell begonnen. Man mußte sanft mit diesem Tod umgehen, mit Feingefühl, Takt, Fingerspitzengefühl. Er umringte ihn von allen Seiten. Aber trotzdem gab es noch eine Möglichkeit, ihn, Robert L., zu erreichen. Sie war nicht groß, diese Öffnung, durch die man mit ihm in Verbindung treten konnte, aber trotzdem war das Leben in ihm, zwar kaum ein Splitter, aber immerhin ein Splitter. Der Tod setzte zum Angriff an. 39,5 am ersten Tag. Dann 40. Dann 41. Der Tod kam außer Atem. 41: das Herz vibrierte wie die Saite einer Geige. 41, immer noch, aber es vibriert. Das Herz, dachten wir, das Herz wird stehenbleiben. Immer noch 41. Der Tod schlägt heftig, lärmend zu, doch das Herz ist taub. Das gibt's doch nicht, das Herz wird stehenbleiben. Nein.

Brei, hatte der Doktor gesagt, kaffeelöffelweise. Sechs- oder siebenmal am Tag gaben wir ihm Brei. Ein Kaffeelöffel voll Brei erstickte ihn, er klammerte sich an unsere Hände, er schnappte nach Luft und fiel wieder aufs Bett zurück. Doch er schluckte ihn hinunter. Ebenso verlangte er sechs- bis siebenmal am Tag, sein Geschäft zu machen.

Wir hoben ihn hoch, wobei wir ihn unter den Knien und unter den Armen packten. Er muß so zwischen siebenunddreißig und achtunddreißig Kilo gewogen haben: die Knochen, die Haut, die Leber, die Eingeweide, das Gehirn, die Lunge, alles inbegriffen: achtunddreißig Kilo verteilt auf einen Körper von einem Meter achtundsiebzig. Wir setzten ihn auf den Toiletteneimer, auf dessen Rand wir ein kleines Kissen legten: dort, wo die Gelenke nackt unter der Haut schlotterten, die Haut wundgescheuert war. (*Die kleine, siebzehnjährige Jüdin aus dem Faubourg du Temple hat Ellbogen, die die Haut ihrer Arme durchlöchert haben, sicherlich wegen ihrer Jugend und der Empfindlichkeit der Haut, ihre Gelenke sind draußen, statt drinnen zu sein, sie geht nackt aus dem Haus, sauber, sie leidet nicht, weder an ihren Gelenken noch an ihrem Bauch, aus dem man nacheinander in regelmäßigen Abständen alle Geschlechtsorgane entfernt hat.*) Sobald er dann auf dem Eimer saß, machte er auf einen Schlag, in einem ungeheuren, unerwarteten, maßlosen Gluckern. Was das Herz zu tun sich zurückhielt, konnte der Anus nicht zurückhalten, er ließ seinen Inhalt fallen. Alles oder fast alles ließ seinen Inhalt fallen, sogar die Finger, die ihre Nägel nicht mehr halten konnten, die sie nacheinander fallen ließen. Das Herz hingegen hielt seinen Inhalt auch weiterhin. Das Herz. Und der Kopf. Verängstigt, doch erhaben, ragte er allein aus diesem Beinhaus auf, er tauchte hoch, erinnerte sich, erzählte, erkannte wieder, forderte. Sprach. Sprach. Der Kopf war durch den Hals am Körper befestigt, wie Köpfe gewöhnlich befestigt sind, doch dieser Hals war so verkleinert – man konnte ihn mit einer einzigen Hand umspannen – so ausgetrocknet, daß man sich fragte, wie das Leben da überhaupt durchkam, ein Kaffeelöffel voll Brei ging kaum durch und verstopfte ihn. Zu Anfang bildete der Hals einen rechten Winkel mit der Schulter. Oben drang der Hals ins Innere des Skeletts, er klebte an den Kinnladen, schlang sich um die Muskeln wie Efeu. Durch ihn hindurch sah man, wie sich die Wirbel abzeichneten, die Halsschlagader, die Nerven, der Rachen, sah, wie das Blut hindurchfloß: die Haut war Zigarettenpapier geworden. Er machte also diese klebrige, dunkelgrüne Sache, die kochte, Scheiße, wie sie noch nie jemand gesehen hatte. Wenn er sein Geschäft gemacht hatte, legten wir ihn wieder hin, er war, die Augen halb geschlossen, für lange Zeit erschöpft.

Siebzehn Tage lang blieb das Aussehen dieser Scheiße das gleiche. Sie war unmenschlich. Sie trennte ihn von uns mehr noch als das Fieber, mehr noch als die Magerkeit, die nagellosen Finger, die Spuren von den Schlägen der SS-Leute. Man gab ihm goldgelben Brei, einen Brei für Säuglinge, und er kam dunkelgrün wieder aus ihm heraus, wie Schlick aus einem Morast. Sobald der Toiletteneimer zu war, hörte man die Luftblasen, die an der Oberfläche platzten. Sie hätte – schleimig und klebrig – an Auswurf erinnern können. Sobald sie herauskam, füllte sich das Zimmer mit einem Geruch, der nicht der Geruch der Fäulnis, des Leichnams war – gab es in seinem Körper überhaupt noch Stoff zum Leichnam –, sondern eher an Pflanzenhumus erinnerte, an den Geruch welker Blätter, an den Geruch in einem allzu dichten Unterholz. Es war in der Tat ein düsterer Geruch, dicht wie der Widerschein jener dichten Nacht, aus der er auftauchte und die wir niemals kennen würden. (*Ich lehnte mich an die Jalousien, die Straße lief unter meinen Augen dahin, und da sie nicht wußten, was im Zimmer geschah, hätte ich ihnen am liebsten gesagt, daß in*

diesem Zimmer über ihnen ein Mann aus den deutschen Lagern
zurückgekommen war, lebend.)

Natürlich hatte er in den Abfalleimern herumgewühlt, um etwas zu essen zu finden, er hatte Gräser gegessen, er hatte Wasser aus den Maschinen getrunken, aber das erklärte es nicht. Vor der unbekannten Sache suchte man nach Erklärungen. Man sagte sich, daß er vielleicht hier, vor unseren Augen, seine Leber aufaß, seine Milz. Wie sollte man das wissen? Wie sollte man wissen, was dieser Bauch noch an Unbekanntem enthielt, an Schmerz?

Siebzehn Tage lang ist das Aussehen dieser Scheiße das gleiche geblieben. Siebzehn Tage, ohne daß diese Scheiße etwas Bekanntem gleicht. Bei jedem der sieben Male, die er sein Geschäft verrichtet, atmen wir sie ein, sehen wir sie an, ohne sie zu erkennen. Siebzehn Tage lang verbergen wir vor seinen eigenen Augen, was aus ihm herauskommt, so wie wir auch seine eigenen Beine, seine Füße, seinen Körper, das Unglaubliche vor ihm verbergen.

Wir haben uns nie daran gewöhnt, das zu sehen. Man konnte sich nicht daran gewöhnen. Das Unglaubliche war, daß er noch lebte. Wenn die Leute ins Zimmer kamen und diese Gestalt unter der Bettdecke sahen, konnten sie ihren Anblick nicht ertragen, sie wandten die Augen ab. Viele gingen hinaus und kamen nicht mehr wieder. Er hat nie etwas von unserem Entsetzen, unserem Grauen gemerkt, nicht ein einziges Mal. Er war glücklich, er hatte keine Angst mehr. Das Fieber trug ihn. Siebzehn Tage lang.

Eines Tages fällt das Fieber.

Nach siebzehn Tagen wird der Tod müde. Im Eimer kocht sie nicht mehr, sie wird flüssig, sie bleibt grün, aber sie hat einen menschlicheren Geruch, einen Menschengeruch. Und eines Tages fällt das Fieber, man hat ihm zwölf Liter Serum verabreicht, und eines Morgens fällt das Fieber. Er liegt auf seinen neun Kissen, eins für den Kopf, zwei für die Unterarme, zwei für die Oberarme, zwei für die Hände, zwei für die Füße; denn sie konnten ihr eigenes Gewicht nicht mehr tragen, man mußte dieses Gewicht in Daunen verschwinden lassen, es ruhigstellen.

Und einmal, eines Morgens, verläßt ihn das Fieber. Das Fieber kommt wieder, aber es fällt auch wieder. Es kommt noch einmal, etwas niedriger, und fällt noch einmal. Und dann sagt er eines Morgens: »Ich habe Hunger.«

Der Hunger war mit dem Ansteigen des Fiebers verschwunden. Er war mit dem Fallen des Fiebers wiedergekommen. Eines Tages hat der Doktor gesagt: »Versuchen wir es, versuchen wir, ihm zu essen zu geben, fangen wir mit Fleischsaft an, wenn er ihn verträgt, fahren Sie fort damit, doch geben Sie ihm gleichzeitig von allem, zunächst in kleinen Mengen und im Abstand von je drei Tagen, und alle drei Tage ein wenig mehr.«

Am Vormittag habe ich alle Restaurants von Saint-Germain-des-Prés abgeklappert, um eine Fleischpresse zu finden. Am Boulevard Saint-Germain finde ich eine in einem großen Restaurant. Sie können sie nicht ausleihen. Ich sage, daß es für einen politisch Deportierten sei, dem es sehr schlecht geht, und daß es eine Frage von Leben und Tod sei. Die Dame überlegt, dann sagt sie: »Ich kann sie Ihnen nicht leihen, aber ich kann sie Ihnen vermieten, es macht tausend Francs pro Tag (*sic!*).« Ich gebe meinen Namen und meine Adresse an und hinterlege eine Kaution. Das Fleisch wird vom Restaurant Saint-Benoit zum Selbstkostenpreis verkauft.

Er hat den Fleischsaft wunderbar verdaut. Nach drei Tagen hat er dann angefangen, feste Nahrung zu sich zu nehmen.

Sein Hunger hat seinen Hunger gerufen. Er ist immer größer geworden, unstillbar.

Er hat erschreckende Ausmaße angenommen.

Wir bedienten ihn nicht. Wir stellten die Schüsseln direkt vor ihn hin und ließen ihn allein, und er aß. Er funktionierte. Er tat, was er tun mußte, um zu leben. Er aß. Es war eine Beschäftigung, die viel Zeit brauchte. Er wartete stundenlang auf die Nahrung. Er schlang hinunter, ohne zu wissen, was. Dann nahm man die Nahrung weg, und er wartete, daß sie wiederkam.

Er ist verschwunden, an seiner Stelle ist der Hunger. Die Leere ist also an seiner Stelle. Er gibt dem Schlund, er füllt das, was geleert war, die mageren Eingeweide. Das tut er. Er gehorcht, er dient einem geheimnisvollen Mechanismus, beliefert ihn. Woher weiß er Bescheid über den Hunger? Wie erfaßt er, daß es das ist, was er braucht? Er weiß es aus einem Wissen heraus, das ohne Entsprechung ist.

Er ißt ein Lammkotelett. Dann lutscht er mit niedergeschlagenen Augen den Knochen ab, nur darauf achtend, kein Stückchen Fleisch übrigzulassen. Dann nimmt er sich ein zweites Lammkotelett. Dann ein drittes. Ohne aufzuschauen.

Er sitzt im Halbdunkel des Wohnzimmers, neben einem

halbgeöffneten Fenster, auf einem Sessel, umgeben von seinen Kissen, seinen Stock neben sich. In seinen Hosen schlottern seine Beine wie Stelzen. Wenn die Sonne scheint, sieht man durch seine Hände.

Gestern las er die Brotkrumen auf, die auf seine Hose, auf die Erde gefallen waren, wobei er sich gewaltig anstrengte. Heute läßt er einige davon liegen.

Wenn er ißt, lassen wir ihn allein im Zimmer. Man kann ihm nicht mehr helfen. Seine Kräfte sind soweit zurückgekehrt, daß er den Löffel, die Gabel halten kann. Doch wir schneiden ihm das Fleisch. Wir lassen ihn allein mit der Nahrung. Wir vermeiden es, in den Zimmern nebenan zu sprechen. Wir gehen auf Zehenspitzen. Wir betrachten ihn von weitem. Er funktioniert. Er hat keine besondere Vorliebe für dieses oder jenes Gericht. Immer weniger Vorlieben. Er schlingt hinunter, wie ein Faß ohne Boden. Wenn die einzelnen Gerichte nicht schnell genug kommen, schluchzt er und sagt, daß wir ihn nicht verstehen.

Gestern nachmittag ist er an den Kühlschrank gegangen, um Brot zu stehlen. Er stiehlt. Wir sagen ihm, daß er achtgeben, nicht zuviel essen soll. Darauf weint er.

Ich betrachtete ihn von der Wohnzimmertür aus. Ich ging nicht hinein. Vierzehn Tage lang, zwanzig Tage lang habe ich ihm zugesehen, wie er, ohne daß ich mich daran gewöhnen konnte, in beständiger Freude aß. Manchmal brachte diese Freude auch mich zum Weinen. Er sah mich nicht. Er hatte mich vergessen.

Die Kräfte kommen wieder.

Auch ich fange wieder an zu essen, ich fange wieder an zu schlafen. Ich nehme wieder zu. Wir werden leben. Wie er kann ich siebzehn Tage nicht essen. Wie er habe ich siebzehn Tage lang nicht geschlafen, zumindest glaube ich, daß ich nicht geschlafen habe. Tatsächlich schlafe ich zwei bis drei Stunden am Tag. Ich schlafe überall ein. Ich wache voller Entsetzen auf, es ist furchtbar, jedesmal glaube ich, daß er während meines Schlafs gestorben ist. Ich habe immer noch dieses leichte nächtliche Fieber. Der Doktor, der seinetwegen kommt, macht sich auch meinetwegen Gedanken. Er verordnet Spritzen. Die Nadel bricht im Muskel meines Schenkels ab, meine Muskeln sind völlig starr. Die Krankenschwester will mir keine Spritzen mehr geben. Der fehlende Schlaf führt zu Sehstörungen. Ich klammere mich beim Gehen an die Möbel, der Boden neigt sich vor mir, und ich habe Angst auszugleiten. Wir essen das Fleisch, aus dem wir zuvor Fleischsaft für ihn gemacht haben. Es ist wie Papier, wie Baumwolle. Ich koche überhaupt nicht mehr, ich koche nur noch Kaffee. Ich fühle mich dem Tod ganz nahe, den ich herbeigewünscht habe. Es ist mir gleichgültig, und selbst daran, daß es mir gleichgültig ist, denke ich nicht. Meine Identität hat sich verschoben. Ich bin nur noch die, die Angst hat, wenn sie wach wird. Die, die an seine Stelle will, für ihn. Meine Person besteht aus diesem Wunsch, und dieser Wunsch ist, sogar wenn es Robert L. besonders schlecht geht, unaussprechlich stark, weil Robert L. noch am Leben ist. Als ich meinen kleinen Bruder und mein kleines Kind verloren habe, hatte ich auch meinen Schmerz verloren, er war gewissermaßen gegenstandslos, er baute auf der Vergangenheit auf. Hier ist die Hoffnung ganz, der Schmerz ist in die Hoffnung eingepflanzt. Manchmal wundere ich mich, daß ich nicht sterbe: eine eisige Klinge, die tief in das lebendige

Fleisch eingerammt ist, bei Tag und bei Nacht, und man überlebt.

Er kommt wieder zu Kräften.

Man hatte uns telefonisch Bescheid gesagt. Einen Monat lang haben wir die Nachricht vor ihm geheimgehalten. Erst nachdem er wieder zu Kräften gekommen war, während eines Aufenthaltes in Verrières-le-Buisson, in einem Genesungsheim für Deportierte, haben wir ihm den Tod seiner jüngeren Schwester, Marie-Louise L., mitgeteilt. Es war nachts. Seine jüngste Schwester und ich waren da. Wir haben zu ihm gesagt: »Wir müssen dir etwas sagen, was wir dir bisher verheimlicht haben.« Er hat gesagt: »Ihr verheimlicht mir den Tod von Marie-Louise.« Bis zum Tagesanbruch sind wir zusammen im Zimmer geblieben, ohne von ihr zu reden, ohne zu reden. Ich habe mich erbrochen. Ich glaube, wir haben uns alle erbrochen. Er sagte immer wieder die Worte: »Vierundzwanzig Jahre alt«, auf dem Bett sitzend, die Hände über seinem Stock, und er weinte nicht.

Er ist immer mehr zu Kräften gekommen. Eines Tages habe ich zu ihm gesagt, daß wir uns scheiden lassen müssen, daß ich ein Kind von D. wolle, daß es wegen des Namens sei, den dieses Kind tragen würde. Er hat mich gefragt, ob es möglich sei, daß wir eines Tages wieder zueinander fänden. Ich habe nein gesagt, ich hätte seit zwei Jahren meine Meinung nicht geändert, seitdem ich D. kennengelernt hatte. Ich habe zu ihm gesagt, daß ich, selbst wenn es D. nicht gäbe, nicht mehr mit ihm zusammenleben würde. Er hat mich nicht nach den Gründen gefragt, deretwegen ich weg wollte, ich habe sie ihm nicht gesagt.

Einmal sind wir in Saint-Jorioz am Lac d'Annecy, in einem Erholungsheim für Deportierte. Es ist ein Hotel-Restaurant an der Landstraße. Es ist im August 1945. Hiroshima, das haben wir dort erfahren. Er hat zugenommen, er ist dicker geworden. Er hat nicht die Kraft, sein früheres Gewicht zu tragen. Er geht mit diesem Stock, den ich wieder vor mir sehe, aus dunklem Holz und dick. Manchmal könnte man meinen, daß er mit diesem Stock schlagen will, die Wände, die Möbel, die Türen, nicht die Leute, nein, aber alle Dinge, denen er im Vorbeigehen begegnet. Auch D. ist am Lac d'Annecy. Wir haben kein Geld, um in Hotels zu gehen, wo wir bezahlen müßten.

Ich sehe nicht, daß er uns nahe ist während dieses Aufenthalts in Savoyen, er ist umgeben von Fremden, er ist wieder allein, er sagt nichts von dem, was er denkt. Er verbirgt sich. Er ist düster. Am Straßenrand eines Tages diese riesige Schlagzeile in einer Zeitung: Hiroshima.

Man könnte meinen, daß er schlagen will, daß er blind ist vor Zorn, einem Zorn, durch den er hindurch muß, bevor er wieder leben kann. Nach Hiroshima, glaube ich, spricht er mit D., D. ist sein bester Freund, Hiroshima ist vielleicht die erste Sache außerhalb seines Lebens, die er sieht, die er draußen liest.

Ein anderes Mal, es war vor Savoyen, ist er auf der Café-Terrasse des Flore. Die Sonne scheint strahlend. Er hatte ins Flore gehen wollen: »so zum Spaß«, hatte er gesagt. Die Kellner kommen und begrüßen ihn. Und in diesem Augenblick sehe ich ihn wieder vor mir, er schreit, er hämmert mit seinem Stock auf den Boden. Ich habe Angst, daß er die Fensterscheiben zerschlägt.

Die Kellner betrachten ihn, den Tränen nahe, bestürzt, ohne ein Wort, und dann sehe ich, wie er sich hinsetzt und lange schweigt.

Dann ist noch einmal Zeit vergangen.

Es ist im ersten Friedenssommer gewesen, 1946.

Es ist an einem Strand in Italien gewesen, zwischen Livorno und La Spezia.

Vor einem Jahr und vier Monaten ist er aus dem Konzentrationslager zurückgekommen. Er weiß über seine Schwester Bescheid, er weiß seit langen Monaten über unsere Trennung Bescheid.

Er sitzt dort am Strand, er sieht die Leute kommen. Ich weiß nicht wen. Wie er schaut, seine Art zu sehen, das war das, was als erstes in dem deutschen Bild seines Todes starb, als ich in Paris auf ihn wartete. Manchmal verweilt er lange Augenblicke, ohne zu reden, den Blick auf den Boden gerichtet. Er kann sich noch nicht an den Tod der jungen Schwester gewöhnen: vierundzwanzig Jahre alt, blind, mit erfrorenen Füßen, im höchsten Grad schwindsüchtig, im Flugzeug von Ravensbrück nach Kopenhagen transportiert, gestorben am Tag ihrer Ankunft, dem Tag des Waffenstillstandes. Er spricht nie von ihr, er spricht ihren Namen nie aus.

Er hat ein Buch geschrieben über das, was er in Deutschland erlebt zu haben glaubt: *Die menschliche Gattung.* Als das Buch dann geschrieben, gemacht, verlegt war, hat er nie wieder von den deutschen Konzentrationslagern gesprochen. Er spricht diese Worte nie aus. Nie wieder. Auch nie wieder den Titel des Buches.

Es ist ein Tag, an dem der Libeccio herrscht.

In diesem Licht, das den Wind begleitet, hört der Gedanke an seinen Tod auf.

Ich liege neben Ginetta, wir sind die Strandböschung hinaufgeklettert und sind tief ins Schilf hineingegangen. Wir haben uns ausgezogen. Wir kommen aus der Kühle des Bades, die Sonne brennt auf diese Kühle, ohne sie zu erreichen. Die Haut schützt gut. Am Ansatz meiner Rippen, in einer Mulde auf meiner Haut, sehe ich mein Herz schlagen. Ich habe Hunger.

Die andern sind am Strand geblieben. Sie spielen Ball. Außer Robert L. Noch nicht.

Über dem Schilf sieht man die schneeweißen Flanken der Marmorsteinbrüche von Carrara. Darüber gibt es noch höhere Berge, die weiß funkeln. Auf der anderen Seite, etwas näher, sieht man Monte Marcello, genau über der Mündung der Magra. Man sieht nicht das Dorf Monte Marcello, sondern nur den Hügel, die Feigenwälder und ganz oben auf dem Gipfel die dunklen Flanken der Pinien.

Man hört: sie lachen. Elio vor allem. Ginetta sagt: »Nun hör ihn nur, er ist wie ein Kind.«

Robert L. lacht nicht. Er liegt unter einem Sonnenschirm. Er kann die Sonne noch nicht vertragen. Er sieht zu, wie sie spielen.

Der Wind vermag nicht durchs Schilf zu dringen, aber er bringt uns die Geräusche vom Strand. Die Hitze ist furchtbar.

Ginetta nimmt zwei Zitronenhälften aus ihrer Bademütze, sie hält mir eine hin. Wir pressen die Zitrone über unseren geöffneten Mündern aus. Die Zitrone läuft Tropfen um Tropfen in unsere Kehle, sie kommt bei unserem Hunger an und läßt uns seine Tiefe, seine Stärke ermessen. Ginetta sagt, die Zitrone sei die Frucht, die man braucht, wenn eine solche Hitze herrscht. Sie sagt: »Schau dir die Zitronen aus der Ebene von Carrara an, wie riesig sie sind, sie haben eine dicke Schale, die sie frisch hält in der Sonne, sie haben den Saft wie Orangen, aber sie haben einen strengen Geschmack.«

Man hört immer noch die Spieler. Robert L. hingegen hört man immer noch nicht. In dieser Stille, in diesem Schweigen ist der Krieg immer noch gegenwärtig, quillt er hervor, durch den Sand, durch den Wind.

Ginetta sagt: »Ich bedauere es sehr, daß ich dich nicht gekannt habe, als du auf Roberts Rückkehr gewartet hast.« Sie sagt, daß sie findet, es gehe ihm gut, doch sie hat den Eindruck, daß er schnell müde wird, sie stellt es vor allem fest, wenn er geht, wenn er schwimmt, an dieser so schmerzlichen Langsamkeit, die ihm eigen ist. Da sie ihn vorher nicht gekannt hat, sagt sie, daß sie nicht sicher sein könne, ob das, was sie sagt, auch stimmt. Aber sie hat so etwas wie eine Furcht, daß er seine Kraft aus der Zeit vor den Konzentrationslagern nie wiederfinden wird.

Sobald ich diesen Namen höre, Robert L., weine ich. Ich weine immer noch. Ich werde mein ganzes Leben lang weinen. Ginetta entschuldigt sich und schweigt.

Jeden Tag glaubt sie, ich könne jetzt von ihm reden, und ich kann es immer noch nicht. Aber an jenem Tag sagte ich ihr, daß ich dächte, es eines Tages tun zu können. Und daß ich bereits ein wenig über diese Rückkehr geschrieben habe. Daß ich versucht habe, etwas über diese Liebe zu sagen. Und daß ich damals, während seiner Agonie, diesen Menschen, Robert L., am besten kennengelernt habe, daß ich für immer durchschaut habe, was ihn ausmacht, ihn und nur ihn und sonst nichts und niemand auf der Welt, daß ich von der besonderen Gnade Robert L.s hienieden spreche, der Gnade, die ihm eigen sei und die ihn trage, durch die Konzentrationslager, die Intelligenz, die Liebe, die Lektüre, die Politik und all das Unsagbare der Tage, von dieser Gnade, die ihm zu eigen ist, die aber aus der gleichgroßen Last der Verzweiflung aller besteht.

Die Hitze ist allzu unerträglich geworden. Wir haben wieder unsere Badeanzüge angezogen, wir sind über den Strand gelaufen. Wir sind geradewegs ins Meer gelaufen. Ginetta ist weit hinausgeschwommen. Ich bin am Ufer geblieben.

Der Libeccio hatte nachgelassen. Oder es war an einem anderen Tag ohne Wind.

Oder es war in einem anderen Jahr. In einem anderen Sommer. An einem anderen Tag ohne Wind.

Das Meer war blau, selbst da, vor unseren Augen, und es gab keine Wellen, sondern ein äußerst sanftes Hin- und Hergewoge, ein Atmen in einem tiefen Schlaf. Die andern haben aufgehört zu spielen und haben sich auf ihren Handtüchern in den Sand gekauert. Er ist aufgestanden und auf das Meer zugegangen. Ich bin nahe ans Ufer herangekommen. Ich habe ihn angeschaut. Er hat gesehen, daß ich ihn angeschaut habe. Er blinzelte hinter seiner Brille, und er lächelte mich an, er bewegte den Kopf ruckweise, wie man es tut, um sich über jemanden lustig zu machen. Ich wußte, daß er es wußte – daß er wußte, daß ich zu jeder Stunde eines jeden Tages dachte: »Er ist nicht im Konzentrationslager gestorben.«

II

Monsieur X,
hier Pierre Rabier genannt

Es handelt sich um eine bis in die Einzelheiten wahre Geschichte. Aus Rücksicht auf die Frau und das Kind dieses hier Rabier genannten Mannes habe ich sie vorher nicht veröffentlicht und nenne ihn auch hier vorsichtshalber nicht bei seinem richtigen Namen. In diesem Fall haben vierzig Jahre die Ereignisse überdeckt, wir sind schon alt, selbst wenn man sie erfährt, verletzen sie nicht mehr, wie sie es vorher getan hätten, als wir noch jung waren.

Bleibt noch dies, was man sich fragen kann: warum hier etwas veröffentlichen, das gewissermaßen anekdotisch ist? Es war entsetzlich, gewiß, furchtbar beim Erleben, so sehr, daß man vor Grauen daran sterben könnte, aber das war alles, es wurde nie größer, es näherte sich niemals der großen Literatur. Also?

Voller Zweifel habe ich diesen Text geschrieben. Voller Zweifel habe ich ihn meinen Freunden, Hervé Lemasson, Yann Andréa, zu lesen gegeben. Sie haben beschlossen, daß man ihn veröffentlichen müsse wegen der Beschreibung Rabiers, wegen dieser trügerischen Art und Weise, durch die Funktion der Bestrafung zu existieren und nur durch sie, die in den meisten Fällen an die Stelle der Ethik oder der Philosophie oder der Moral tritt, und das nicht nur bei der Polizei.

Es war am 6. Juni 1944 frühmorgens im großen Wartesaal des Gefängnisses von Fresnes. Ich habe gerade meinem Mann, der am 1. Juni, vor sechs Tagen, verhaftet worden ist, ein Päckchen gebracht. Es gibt Fliegeralarm. Die Deutschen machen die Türen des Wartesaals zu und lassen uns allein. Wir sind etwa zu zehnt. Wir reden nicht miteinander. Der Lärm der Geschwader kommt über Paris an, er ist ungeheuer. Ich höre, daß man mir leise, aber ganz deutlich folgenden Satz sagt: »Sie sind heute morgen um sechs Uhr gelandet.« Ich drehe mich um. Es ist ein junger Mann. Ich rufe ganz leise: »Das ist nicht wahr. Verbreiten Sie keine falschen Nachrichten.« Der junge Mann sagt zu mir: »Es ist wahr.« Wir glauben dem jungen Mann nicht. Alle weinen. Der Fliegeralarm hört auf. Die Deutschen räumen den Wartesaal. Keine Päckchen heute. Als ich dann wieder in Paris bin – Rue de Rennes – sehe ich: alle Gesichter um mich herum, sie sehen sich an wie Verrückte, wie Irre, sie lächeln sich an. Ich halte einen jungen Mann an, ich frage ihn: »Ist es wahr?« Er antwortete mir: »Es ist wahr.«

Die Lebensmittelpäckchen werden auf unbestimmte Zeit verboten. Ich fahre mehrmals umsonst nach Fresnes. Darauf beschließe ich, über die Rue des Saussaies eine Paketerlaubnis zu bekommen. Eine meiner Freundinnen, Sekretärin im Informationsministerium, nimmt es auf sich, im Namen ihres Direktors mit Doktor Kieffer (Avenue Foch) zu sprechen, um eine diesbezügliche Empfehlung zu erhalten. Man lädt sie vor. Sie wird von Doktor Kieffers Sekretär empfangen, der zu ihr sagt, sie solle sich ans Büro 415 E4 in der vierten Etage des alten Gebäudes in der Rue des Saussaies wenden. Kein Empfehlungsschreiben. Ich warte mehrere Tage hintereinander vor dem Gebäude in der Rue des Saussaies. Die Schlange nimmt hundert Meter Bürgersteig ein. Wir warten, nicht um in die Büros der deutschen Polizei eingelassen zu werden, sondern um überhaupt ins Gebäude eingelassen zu werden. Drei Tage. Vier Tage. Erst beim Sekretär des Büros der Paketerlaubnisscheine kann ich auf die Empfehlung von Doktor Kieffer hinweisen. Ich muß zuerst ins Büro 415 zu einem gewissen Herrn Hermann. Ich warte einen ganzen Morgen: Herr Hermann ist nicht da. Die Sekretärin eines Nachbarbüros gibt mir ein Schreiben, das mir erlaubt, am nächsten Morgen wiederzukommen. Und wieder ist Herr Hermann nicht da, und ich warte den ganzen Vormittag. Die Landung der Alliierten hat vor nunmehr acht Tagen stattgefunden, man spürt, wie die Verunsicherung bei den maßgeblichen Stellen der deutschen Polizei um sich greift. Mein Passierschein ist am Mittag abgelaufen, ich suche vergeblich die Sekretärin, die ich am Vortag gesehen hatte. Ich werde den Gewinn von gut zwanzig Stunden Warten verlieren. Ich spreche einen großen Mann an, der durch die Flure geht, und bitte ihn, mir doch meinen Passierschein bis zum Abend zu verlängern. Er sagt mir, ich solle ihm meinen Zettel zeigen. Ich halte ihn hin. Er sagt: »Aber das ist doch die Sache aus der Rue Dupin.«

Er nennt den Namen meines Mannes. Er sagt mir, daß er meinen Mann verhaftet hat. Und daß er das erste Verhör vorgenommen hat. Dieser Herr ist X., hier Pierre Rabier genannt, Gestapomann.

»Sind Sie eine Verwandte?«

»Ich bin seine Frau.«

»Ah! . . . Das ist eine dumme Geschichte, wissen Sie . . .«

Ich stelle Pierre Rabier keine Frage. Er erweist sich von äußerster Höflichkeit. Er erneuert mir persönlich meinen Passierschein. Und er sagt mir, daß Hermann morgen da sein wird.

Ich sehe Rabier am nächsten Tag wieder, als ich Hermann wegen dem Paketerlaubnisschein aufsuche. Ich warte im Flur, er kommt aus einer Tür. Er hält eine Frau in den Armen, die halb ohnmächtig und ganz blaß ist, ihre Kleider sind klatschnaß. Er lächelt mir zu, verschwindet. Er kommt einige Minuten später zurück, lächelt immer noch.

»Na, warten Sie immer noch? . . .«

Ich sage, das macht nichts. Er kommt auf die Geschichte in der Rue Dupin zurück.

»Es war eine richtige Kaserne . . . Außerdem lag dieser Plan auf dem Tisch . . . Das ist eine ziemlich schlimme Geschichte.«

Er stellt mir einige Fragen. Ob ich wüßte, daß mein Mann zu einer Widerstandsorganisation gehörte? Ob ich diese Leute kenne, die in der Rue Dupin wohnen? Ich sage, daß ich sie kaum oder gar nicht kenne, daß ich Bücher schreibe, daß mich sonst nichts interessiert. Er sagt mir, daß er das weiß, mein Mann habe es ihm gesagt. Er habe sogar zwei Romane von mir auf dem Wohnzimmertisch gefunden, als er ihn verhaftete, er lacht, er hat sie sogar mitgenommen. Er stellt mir keine Fragen mehr. Er sagt mir schließlich die Wahrheit. Ich werde keinen Paketerlaubnisschein bekommen können, weil die Paketerlaubnisscheine abgeschafft worden sind. Es besteht aber die Möglichkeit, die Päckchen dem deutschen Vernehmungsoffizier mitzugeben, wenn dieser die Häftlinge verhört.

Der Vernehmungsoffizier ist Hermann, der nämliche, auf den ich seit drei Tage warte. Er kommt am späten Nachmittag. Ich spreche mit ihm über die Lösung, die Rabier mir vorgeschlagen hat. Er sagt mir, daß ich meinen Mann nicht sehen könne, daß er es aber übernehmen wolle, ihm und seiner Schwester die Päckchen auszuhändigen, ich kann sie morgen früh bringen. Als ich aus Hermanns Büro komme, begegne ich wieder Rabier. Er lächelt, er tröstet mich: mein Mann wird nicht erschossen werden, »trotz des Plans, deutsche Einrichtungen in die Luft zu jagen, den man zusammen mit den beiden Romanen auf dem Wohnzimmertisch gefunden hat«. Er lacht.

Ich lebe in völliger Isolation. Einzige Verbindung mit der Außenwelt: ein Telefonanruf von D., jeden Morgen und jeden Abend.

Drei Wochen vergehen. Die Gestapo ist nicht gekommen, um eine Hausdurchsuchung bei mir vorzunehmen. Aufgrund der Ereignisse denken wir, daß sie jetzt nicht mehr kommen wird. Ich bitte darum, wieder arbeiten zu dürfen. Man erlaubt es mir. François Morland, der Chef unserer Bewegung, braucht einen Verbindungsmann und läßt mich bitten, den Agenten Ferry zu ersetzen, der nach Toulouse geht. Ich nehme an.

Am ersten Montag im Juli um elf Uhr dreißig vormittags soll ich Duponceau (damals Delegierter des M. N. P. G. D.*

* Mouvement National des prisonniers de guerre déportés (Nationalbewegung der deportierten Kriegsgefangenen)

in der Schweiz) und Godard (Kabinettchef des Ministers für die Kriegsgefangenen, Henry Fresnay) miteinander in Verbindung bringen. Wir sollen uns an der Ecke Boulevard Saint-Germain und Chambre des Députés, auf der gegenüberliegenden Seite der Abgeordnetenkammer, treffen. Ich komme pünktlich. Ich finde Duponceau. Ich spreche ihn an, und wir reden mit diesem gelösten und natürlichen Gesichtsausdruck, den die Mitglieder der Widerstandsbewegung in der Öffentlichkeit an den Tag legen. Es sind noch keine fünf Minuten vergangen, als ich höre, wie mich, einige Meter entfernt, jemand herbeiruft: Pierre Rabier. Er ruft mich, indem er mit den Fingern schnalzt. Sein Gesicht ist ernst. Ich glaube schon, wir seien verloren. Ich sage zu Duponceau: »Das ist die Gestapo, wir sind in der Falle.« Ich gehe ohne zu zögern zu Rabier. Er sagt mir nicht guten Tag.

»Erkennen Sie mich wieder?«

»Ja.«

»Wo haben Sie mich gesehen?«

»In der Rue des Saussaies.«

Entweder ist die Anwesenheit Rabiers reiner Zufall, oder er kommt, um uns zu verhaften. In diesem Fall wartet das Auto der Polizei bereits hinter dem Gebäude, und es ist schon zu spät.

Ich lächele Rabier an. Ich sage zu ihm: »Ich bin wirklich froh, daß ich Sie treffe, ich habe mehrmals versucht, Sie am Ausgang der Rue des Saussaies zu sehen. Ich habe immer noch keine Nachricht von meinem Mann.« Das strenge Gesicht Rabiers heitert sich sofort auf – was mich nicht beruhigt. Er ist fröhlich, herzlich, er sagt mir, wie es meiner Schwägerin geht, die er gesehen hat und der er das Päckchen ausgehändigt hat, um das sich Hermann gekümmert hat. Meinen Mann hat er nicht gesehen, aber er weiß, daß ihm sein Päckchen ausgehändigt worden ist. Ich erinnere mich sonst an keines seiner Worte. Aber ich erinnere mich an dies: daß auf der einen Seite Duponceau, um mich nicht zu verlieren – »den Kontakt zu verlieren« – dort an seinem Platz stehenbleibt. Und daß von der anderen Seite Godard ankommt und mich, ich weiß nicht durch welches Wunder, nicht anspricht. Ich bin von einer Sekunde zur andern darauf gefaßt, daß er Rabier für Duponceau hält und kommt, um mir die Hand zu geben, aber er tut es nicht. Wir sind, Rabier und ich, im Abstand von jeweils fünf Metern von meinen beiden Kameraden eingerahmt. Diese Situation, deren Komik bewährt ist und zum Repertoire gehört, bringt niemanden zum Lachen. Ich frage mich noch heute, wieso Rabier meine Aufregung nicht gemerkt hat. Ich muß grün sein. Ich presse die Kiefer aufeinander, um nicht mit den Zähnen zu klappern. Man könnte meinen, daß Rabier es nicht sieht. Zehn Minuten lang spricht er. Ich höre nicht zu, ich höre nichts. Man könnte meinen, daß ihm nichts daran liegt. Durch meine Angst hindurch und in dem Maße, wie die Zeit vergeht, keimt eine Hoffnung auf, die Hoffnung, daß ich es mit einem Verrückten zu tun habe. Das spätere Verhalten Rabiers hat dafür gesorgt, daß dieses Gefühl nie ganz widerlegt worden ist. Während er spricht, gehen Leute vorüber und bleiben bei uns stehen: Madame Bigorrie und ihr Sohn, Nachbarn aus dem Viertel, die ich seit zehn Jahren nicht mehr gesehen habe. Ich kann kein Wort sagen. Sie gehen schnell weiter, wahrscheinlich bestürzt über die Veränderung in meinem Aussehen. Rabier sagt zu mir: »Na, Sie kennen ja allerhand Leute in der Gegend« – er wird später noch oft auf die zahlreichen

Begegnungen an diesem Tag anspielen –, dann fängt er wieder an zu reden. Ich höre, daß er zu mir sagt, daß er bald Auskünfte über meinen Mann haben werde. Sofort pflichte ich ihm bei, ich habe es später noch oft getan, ich bestehe darauf, ihn wiederzusehen, eine Verabredung mit ihm zu haben. Er verabredet sich mit mir noch für den gleichen Abend um halb sechs in den Parkanlagen der Avenue Marigny. Wir verabschieden uns. Langsam gehe ich wieder zu Duponceau, ich sage ihm, daß ich nicht verstünde, was los sei, der Kollege müsse hinter dem Gebäude sein. Meine Zweifel sind immer noch genauso furchtbar, denn ich verstehe in keiner Weise, warum mich Rabier gerufen und warum er mich so lange aufgehalten hat. Niemand kommt hinter dem Gebäude hervor. Ich gebe Duponceau zu verstehen, daß der Mann da, der drei Meter von uns entfernt ist, derjenige ist, mit dem er Kontakt aufnehmen soll, Godard. Ich entferne mich, ich weiß überhaupt nicht, was passieren wird. Ich weiß nicht mehr, ob ich gut daran getan habe, Godard nicht persönlich Bescheid zu sagen. Ich drehe mich nicht um. Ich gehe geradewegs zu Gallimard. Ich falle in einen Sessel. Ich weiß es noch am selben Abend: meine Kameraden sind nicht verhaftet worden.

Die Anwesenheit Rabiers war wirklich ein Zufall. Er war stehengeblieben, weil er die junge Französin wiedererkannt hatte, die das Päckchen in die Rue des Saussaies gebracht hatte. Ich habe später dann erfahren, daß Rabier fasziniert war von den französischen Intellektuellen, den Künstlern, den Autoren. Er war nur in die Gestapo eingetreten, weil er sich keine Buchhandlung für Kunstbücher (*sic!*) hatte kaufen können.

Ich sehe Rabier noch am gleichen Abend. Er hat keine Nachricht für mich, weder von meinem Mann noch von meiner Schwägerin. Aber er sagt mir, daß er mir welche besorgen kann.

Von diesem Tag an ruft mich Rabier zuerst jeden zweiten Tag an, und dann jeden Tag. Sehr schnell bittet er mich dann, ihn zu treffen. Ich treffe ihn. Die Anweisungen François Morlands sind eindeutig: ich muß diesen Kontakt beibehalten, es ist das einzige, was uns noch mit den verhafteten Kameraden verbindet. Außerdem würde ich, wenn ich nicht zu den Verabredungen Rabiers käme, in seinen Augen verdächtig werden.

Ich sehe Rabier jeden Tag. Manchmal lädt er mich zum Mittagessen ein, immer in Schwarzmarktrestaurants. Meistens gehen wir in Kneipen. Er berichtet mir von seinen Festnahmen. Vor allem aber erzählt er mir, nicht von seinem gegenwärtigen Leben, sondern von dem Leben, das er gern führen würde. Die kleine Kunstbuchhandlung kommt immer wieder vor. Ich richte es so ein, daß ich ihn jedesmal an die Existenz meines Mannes erinnere. Er sagt, er denke daran. Trotz der Anweisungen François Morlands versuche ich mehrmals, mit ihm zu brechen, aber ich teile es ihm mit, ich sage ihm, daß ich aufs Land fahre, daß ich erschöpft bin. Er glaubt es nicht. Er weiß nicht, ob ich unschuldig bin, er weiß nur, daß er mich in der Hand hat. Er hat recht. Ich fahre nie aufs Land. Immer diese unüberwindliche Angst, von Robert L., meinem Mann, endgültig abgeschnitten zu sein. Ich bestehe darauf zu erfahren, wo er sich befindet. Er schwört mir, daß er sich darum kümmern werde. Er behauptet, daß er ihm eine Verurteilung erspart habe und daß mein Mann jetzt denen gleichgestellt sei, die den Dienst beim S. T. O.* verweigert haben. Auch ich habe ihn in der Hand: wenn ich erfahre, daß mein Mann nach Deutschland verbracht worden ist, brauche ich ihn nicht mehr zu sehen, und das weiß er. Die Geschichte vom S. T. O. ist falsch, ich erfahre es später. Doch wenn Rabier mich belügt, so tut er das, um mich zu beruhigen, ich bin sicher, daß er glaubt, viel mehr tun zu können, als er in Wirklichkeit tun kann. Ich glaube, er ging sogar soweit zu glauben, er könne erreichen, daß mein Mann zurückkommt, und das nur, um mich zu behalten. Die Hauptsache bleibt, daß er mir nicht eines Tages sagt, daß mein Mann erschossen worden ist, weil sie nicht mehr wissen, was sie mit den Gefangenen machen sollen.

Ich bin von neuem in einer fast vollständigen Isolation. Die Instruktion lautet, mich nicht zu besuchen und mich unter keinen Umständen wiederzuerkennen. Ich gebe augenscheinlich jegliche Aktivität auf. Ich magere stark ab. Ich habe nur noch das Gewicht einer Deportierten. Ich bin jeden Tag darauf gefaßt, von Rabier verhaftet zu werden. Jeden Tag gebe ich meiner Concierge »zum letzten Mal« den Ort meiner Verabredung mit Rabier an, sowie die Stunde, zu der ich wohl heimkommen würde. Ich sehe nur einen einzigen meiner Kameraden, D., genannt Masse, Stellvertreter von Major Rodin, Chef eines Freikorps, Herausgeber der Zeitung *Der Freie Mensch*. Wir treffen uns sehr weit von dem Ort entfernt, an dem wir wohnen, wir gehen durch die Straße, und wir spazieren in den Parkanlagen umher. Ich sage ihm, was ich von Rabier erfahren habe.

* Service de Travail Obligatoire (Arbeitsdienst)

In der Bewegung kommt es zu Meinungsverschiedenheiten.

Einige wollen Rabier unverzüglich umlegen.

Andere wollen, daß ich Paris ganz schnell verlasse.

In einem Brief, den D. François Morland zukommen läßt, verspreche ich bei meiner Ehre, daß ich alles tun werde, um es der Bewegung zu ermöglichen, Rabier umzulegen, bevor sich die Polizei seiner bemächtigt, und zwar, sobald ich weiß, daß mein Mann und meine Schwägerin vor ihm in Sicherheit sind. Mit andern Worten, außerhalb Frankreichs. Denn es gibt auch diese Möglichkeit, zusätzlich zu den anderen Gefahren: daß Rabier entdeckt, daß ich einer Widerstandsbewegung angehöre und daß das den Fall von Robert L. noch verschlimmert.

Es gibt zwei verschiedene Zeitabschnitte in meiner Geschichte mit Rabier.

Der erste Abschnitt beginnt in dem Augenblick, in dem ich ihm in einem Flur in der Rue des Saussaies begegne, und dauert bis zum Augenblick meines Briefes an François Morland. Es ist die Zeit der täglichen Angst, entsetzlich, erdrückend.

Der zweite Abschnitt geht von diesem Brief an François Morland bis zur Verhaftung Rabiers. Die Angst ist dieselbe zu dieser Zeit, gewiß, manchmal schlägt sie um in den Genuß, daß ich seinen Tod beschlossen habe. Daß ich ihn reingelegt habe auf seinem eigenen Terrain, dem Tod.

Die Verabredungen, die Rabier mit mir trifft, kommen immer in letzter Minute, immer an unerwarteten Orten und zu ebenso unerwarteten Zeiten, zum Beispiel um zwanzig vor sechs, um vier Uhr zehn. Manchmal verabredet er sich mit mir auf der Straße, manchmal in einer Kneipe. Aber ob es auf der Straße ist oder in einer Kneipe, Rabier kommt immer lange vor der verabredeten Zeit, und er wartet immer ziemlich weit vom Ort der Verabredung entfernt. Wenn es in einer Kneipe ist, wartet er zum Beispiel auf dem Bürgersteig gegenüber, aber nicht vor der Kneipe, wenn es auf der Straße ist, wartet er immer ziemlich weit von der angegebenen Stelle. Er ist immer da, von wo aus man den, den man erwartet, am besten sieht. Oft sehe ich ihn nicht, wenn ich komme, er taucht dann hinter mir auf. Doch oft sehe ich ihn, wenn ich komme, er ist hundert Meter von der Kneipe entfernt, in der wir uns treffen sollen, sein Fahrrad steht neben ihm, es ist an eine Mauer oder an eine Gaslaterne gelehnt, er hat seine Aktenmappe in der Hand.

Ich schreibe jeden Abend auf, was sich mit Rabier zugetragen hat, was ich an Falschem oder an Wahrem über die Transporte der Deportierten nach Deutschland, über die Nachrichten von der Front, den Hunger in Paris erfahren habe, es gibt hier wirklich nichts mehr zu essen, wir sind von der Normandie abgeschnitten, von der Paris fünf Jahre lang gelebt hat. Ich mache diese Aufzeichnungen für Robert L., für die Zeit, wenn er zurückkommt. Ich stecke auf einer Generalstabskarte auch den Vormarsch der alliierten Truppen in der Normandie und in Richtung Deutschland ab, Tag für Tag. Ich hebe die Zeitungen auf.

Logischerweise müßte Rabier alles tun, um den Zeugen aus Paris verschwinden zu lassen, der am besten über seine Aktivitäten bei der Gestapo unterrichtet ist, den für ihn gefährlichsten, den glaubwürdigsten: mich, Schriftstellerin und Frau eines Widerstandskämpfers. Er tut es nicht.

Rabier liefert mir immer Informationen, selbst dann, wenn er glaubt, mir keine zu liefern. In der Regel ist es Korridorklatsch aus der Rue des Saussaies. Aber auf diese Weise erfahre ich, daß die Deutschen allmählich große Angst bekommen, daß manche desertieren, daß die Transportprobleme immer schwerer zu lösen sind.

François Morland bekommt allmählich ebenfalls Angst. D. hingegen hat vom ersten Tag an Angst. Wegen Leroy, wegen mir.

Ich vergaß zu sagen: die Verabredungen mit Rabier finden immer an offenen Orten statt, mit mehreren Ausgängen, Eckkneipen, Straßenkreuzungen. Seine bevorzugten Viertel sind das sechste Arrondissement, Saint-Lazare, die Place de la République, Duroc.

In der ersten Zeit habe ich befürchtet, er könnte mich bitten, einen Augenblick zu mir rauf zu dürfen, nachdem er mich bis zur Haustür begleitet hat. Er hat es nie getan. Ich weiß, daß er seit der ersten Verabredung im Park der Avenue Marigny daran gedacht hat.

Als ich Rabier das letzte Mal gesehen habe, hat er mich gebeten, mit ihm »in der kleinen Wohnung eines Freundes, der im Augenblick nicht in Paris ist«, einen zu trinken. Ich habe gesagt: »Ein andermal.« Ich habe mich schnellstens davongemacht. Aber diesmal wußte er, daß es das letzte Mal war. Er hatte bereits beschlossen, daß er

Paris noch am gleichen Abend verlassen würde. Er war sich nur über eins noch nicht im klaren, nämlich, was er mit mir hätte machen sollen, wie er mir hätte schaden können, ob er mich auf seiner Flucht mitnehmen oder ob er mich töten sollte.

Gerade erinnere ich mich wieder, daß er ein erstes Mal in der Rue des Renaudes verhaftet worden ist, in einer Einzimmerwohnung, die, glaube ich, auf seinen Namen lautete, und daß man ihn dann wieder laufen ließ und daß man zwanzig Jahre später in dieser gleichen Straße Georges Figon aufgefunden hat, von der französischen Polizei ›selbstgemorde‹. Diese Straße, die ich nicht kenne. Das Wort ist düster, das eines letzten Verstecks, blind.

Ein einziges Mal habe ich ihn schlecht gekleidet gesehen, seine kastanienbraune Jacke war an den Ärmelausschnitten aufgeplatzt, einige Knöpfe fehlten. Er hatte Wunden im Gesicht. Sein Hemd war zerrissen. Es war in einer der letzten Kneipen, in der Rue de Sèvres, nahe der Metrostation Duroc. Er war erschöpft, aber er lächelte, liebenswürdig wie immer.

»Ich hab' sie nicht gekriegt. Es waren zu viele.«

Er verbessert sich: »Es war 'ne schwierige Sache, sie haben sich gewehrt, sie waren zu sechst um das Becken im Jardin du Luxembourg. Jugendliche, sie sind schneller gelaufen als ich.«

Sicherlich ein Stich in der Herzgegend, wie ein abgewiesener Liebhaber, ein betrübtes Lächeln: bald wird er zu alt sein, um die Jugend zu verhaften.

Ich glaube, an diesem Tag erzählte er mir von den Denunzianten, die jede Widerstandsbewegung unweigerlich hervorbringt. Durch ihn erfahre ich, daß wir von einem Mitglied unserer Organisation denunziert worden sind. Der verhaftete Kamerad hatte gesprochen, weil man ihm mit der Deportation drohte. Rabier sagte: »Es war einfach, er hat uns gesagt, an welchem Ort es ist, in welchem Raum, welcher Schreibtisch, welche Schublade.« Rabier sagt mir seinen Namen. Ich sage ihn D. D. sagt ihn der Bewegung. Man hat die Gewohnheit, sich zu wehren, sich etwas vom Halse zu schaffen und vor allem ›keine Zeit zu haben‹, und deshalb wird der Entschluß gefaßt, diesen Kameraden bei der Befreiung umzulegen. Sogar der Ort wird ausgesucht, ein Parc in Verrières. Als die Befreiung da ist, wird der Plan einstimmig fallengelassen.

Rabier leidet, weil ich nicht zunehme. Er sagt: »Ich kann das nicht ertragen.« Er kann es ertragen zu verhaften, in den Tod zu schicken, aber er kann es nicht ertragen, daß ich nicht zunehme, wenn er es will. Er bringt mir Lebensmittel. Ich gebe sie meiner Concierge, oder ich werfe sie in den Abfall. Geld, nein, ich sage ihm, daß ich nie welches annehmen werde. Hier ist mein Aberglaube hartnäckiger.

Was er außer Buchhändler noch gern geworden wäre, war Kunstsachverständiger am Gericht. In seinem Aufnahmeantrag schreibt er, er sei »Kunstkritiker bei der Zeitung *Les Débats*« gewesen, »Konservator auf Schloß Roquebrune, Experte der Gesellschaft P. L. M«*. »Zum gegenwärtigen Zeitpunkt«, schreibt er, »glaube ich aufgrund

---

* Eisenbahngesellschaft Paris–Lyon–Méditerranée.

der Tatsache, daß ich mir ein sehr beträchtliches Rüstzeug an Unterlagen und Analysen erworben habe und mich leidenschaftlich für alle Fragen interessiere, die mit alter und moderner Kunst zu tun haben, die wichtigsten und heikelsten Aufträge, die mir anvertraut würden, mit den erforderlichen Kenntnissen ausführen zu können.«

Er verabredet sich mit mir auch in der Rue Jacob, in der Rue des Saints-Pères. Und auch in der Rue Lecourbe.

Jedesmal, wenn ich mich mit Rabier treffen soll, und das wird so bleiben bis zum Schluß, tue ich so, als solle ich getötet werden. Ich tue so, als wüßte er alles über meine Aktivitäten. So ist das jedesmal, jeden Tag.

Sie wurden verhaftet, abtransportiert, aus Frankreich herausgeschafft. Und nie wieder kam die geringste Nachricht von ihnen, nie das geringste Lebenszeichen, nie. Man bekam nicht einmal Bescheid, daß es sich nicht mehr lohnte zu warten, daß sie tot waren. Man konnte nicht einmal die Hoffnung ausschalten, den Schmerz sich einnisten lassen im Laufe der Jahre. Bei den politischen Deportierten haben sie genauso gehandelt. Auch bei ihnen war es nicht der Mühe wert, einem Bescheid zu geben, sie sagen nicht, daß es sich nicht mehr lohnt, auf sie zu warten, daß man sie nie wieder sehen wird, nie. Doch wenn man plötzlich so daran denkt, dann fragt man sich, wer sonst das getan hat? Wer hat das getan? Wer nur?

Diesmal ist es in der Rue de Sèvres, wir kommen von der Metrostation Duroc, wir gehen ausgerechnet an der Rue Dupin vorbei, wo mein Mann und meine Schwägerin verhaftet worden sind. Es ist fünf Uhr nachmittags. Es ist bereits Juli. Rabier bleibt stehen. Er hält sein Fahrrad mit der rechten Hand, er legt die linke Hand auf meine Schulter, und das Gesicht zur Rue Dupin gewandt, sagt er: »Sehen Sie. Heute sind es genau vier Wochen her, auf den Tag, daß wir uns kennengelernt haben.«

Ich gebe keine Antwort. Ich denke: »Es ist aus.«

»Eines Tages«, fährt Rabier fort – er nimmt sich die Zeit zu einem breiten Lächeln – »eines Tages hatte ich den Auftrag, einen deutschen Deserteur festzunehmen. Zuerst habe ich Bekanntschaft mit ihm schließen müssen, und dann mußte ich ihm überallhin folgen, wohin er ging. Vierzehn Tage lang habe ich ihn Tag für Tag gesehen, viele Stunden jeden Tag. Wir waren Freunde geworden. Er war ein bemerkenswerter Mensch. Nach vier Wochen habe ich ihn zu einer Toreinfahrt geführt, wo zwei meiner Kollegen auf uns warteten, um ihn zu verhaften. Achtundvierzig Stunden später ist er erschossen worden.«

Rabier hat hinzugefügt: »Auch an jenem Tag waren es vier Wochen her, seit wir uns kannten.«

Rabiers Hand lag immer noch auf meiner Schulter. Der Sommer der Befreiung ist eisig geworden.

In der Angst weicht das Blut aus dem Kopf, die Sehschärfe wird getrübt. Ich sehe die großen Wohnhäuser an der Kreuzung der Rue de Sèvres am Himmel schwanken und die Bürgersteige hohl und schwarz werden. Ich höre nicht mehr deutlich. Die Taubheit ist relativ. Der Straßenlärm wird gedämpft, er gleicht jetzt dem eintönigen Geräusch des Meeres. Aber ich höre deutlich die Stimme Rabiers. Ich habe noch soviel Zeit zu denken, daß es das letzte Mal in meinem Leben ist, daß ich eine Straße sehe. Aber ich erkenne die Straße nicht mehr wieder. Ich frage Rabier:

»Warum erzählen Sie mir das?«

»Weil ich Sie bitten werde, mir zu folgen.

Ich stellte fest, daß ich seit jeher darauf gefaßt war. Man hatte mir erzählt, daß sich in dem Augenblick, in dem das Grauen sich bestätigt, die Erleichterung, der Frieden einstellt. Das stimmt. Dort auf dem Bürgersteig fand ich mich bereits verhaftet, unerreichbar von nun an selbst für die Angst: nicht einmal Rabier konnte mir mehr etwas anhaben. Rabier spricht von neuem: »Aber Sie werde ich bitten, mir in ein Restaurant zu folgen, in dem Sie noch nie gewesen sind. Ich habe das große Vergnügen, Sie einzuladen.«

Er war wieder weitergegangen. Zwischen dem ersten Satz und dem zweiten Satz ist soviel Zeit vergangen, daß wir eine gewisse Entfernung zurücklegen konnten, etwas weniger als eineinhalb Minuten, ausreichend Zeit, um am Square Boucicaut anzukommen. Er bleibt wieder stehen, und diesmal sieht er mich an. Ich sehe in einem Nebel, wie er lacht. In einem sehr grausamen, entsetzlichen Gesichtsausdruck bricht das unanständige Lachen los. Auch die Vulgarität breitet sich plötzlich aus, ekelerregend. Das ist wohl ein Schabernack, den er Frauen spielt, mit denen er verkehrt, Prostituierte wahrscheinlich. Sobald er seine Schau abgezogen hat, verdanken sie ihm ihr Leben. Ich glaube, daß er auf genau diese Tour wohl hier und da Frauen gehabt hat während des Jahres, das er in der Rue des Saussaies zugebracht hat.

Rabier hatte Angst vor seinen deutschen Kollegen. Die Deutschen hatten Angst vor den Deutschen. Rabier wußte gar nicht, wie sehr die Deutschen der Bevölkerung in den von ihren Armeen besetzten Ländern Angst machten. Die Deutschen machten ihnen Angst wie die Hunnen, wie die Wölfe, wie die Verbrecher, vor allem aber wie die Geisteskranken, die Verbrechen begehen. Ich habe nie die Möglichkeit gefunden, wie man es denen, die diese Zeit nicht erlebt haben, sagen, wie man ihnen erzählen könnte, was für eine Art Angst das war.

Ich habe während seines Prozesses erfahren, daß Rabiers Identität falsch war, daß er den Namen eines in der Gegend von Nizza gestorbenen Vetters angenommen hatte. Daß er Deutscher war.

Rabier verläßt mich an diesem Abend an der Metrostation Sèvres-Babylone, vergnügt und selbstzufrieden.

Ich hatte ihn noch nicht zum Tode verurteilt.

Ich gehe zu Fuß nach Hause. Ich erinnere mich genau an die Rue de Sèvres, eine leichte Biegung vor der Rue des Saints-Pères und der Rue du Dragon, man kann auf der Fahrbahn gehen, es gibt keine Autos.

Plötzlich ist die Freiheit bitter. Ich habe gerade den totalen Verlust der Hoffnung kennengelernt und die Leere, die darauf folgt: man erinnert sich nicht, das bildet keine Erinnerung. Ich glaube ein leichtes Bedauern zu empfinden, daß es mir mißlungen ist, lebendig zu sterben. Aber ich laufe weiter, ich gehe von der Fahrbahn auf den Bürgersteig, dann gehe ich wieder zurück auf die Fahrbahn, ich laufe, meine Füße laufen.

Ich weiß nicht mehr, was für ein Restaurant es war – es war ein Schwarzmarktrestaurant, in dem Kollaborateure, Milizsoldaten und Gestapoleute verkehrten. Es war noch nicht das Restaurant in der Rue Saint-Georges. Er glaubt, wenn er mich zum Essen einlädt, könne er mich bei relativer Gesundheit erhalten. Er schützt mich so vor der Verzweiflung, in seinen Augen ist er mein Schutzengel. Welcher Mann hätte einer solchen Rolle widerstehen können? Er kann ihr nicht widerstehen. Diese Essen sind der schlimmste Teil der Erinnerung, Restaurants mit geschlossenen Türen, ›Freunde‹ klopfen an die Tür, die Butter auf den Tischen, die Sahne ergießt sich über alle Speisen, das vor Soße triefende Fleisch, der Wein. Ich habe keinen Hunger. Er ist verzweifelt.

Eines Tages verabredet er sich mit mir im Café Flore, wie üblich ist er nicht da, als ich komme. Weder auf dem Boulevard noch im Innern des Cafés. Ich setze mich an den zweiten Tisch von links, wenn man hereinkommt. Ich kenne Rabier erst kurze Zeit. Er weiß noch nicht genau, wo ich wohne, doch er weiß, daß ich im Viertel von Saint-Germain-des-Prés wohne. Deshalb hat er sich an diesem Tag auch im Flore mit mir verabredet. Im Flore der Existentialisten, dem Café, das gerade in Mode ist.

Aber ich bin innerhalb von wenigen Tagen genauso vorsichtig geworden wie er, ich bin sein Aufseher geworden, der, durch den er sterben wird. Während sie immer größer wird, verstärkt die Angst diese Gewißheit: er ist in meiner Hand.

Ich hatte genügend Zeit gehabt, um Bescheid zu sagen. Zwei Freunde spazieren vor dem Flore auf und ab, sie haben den Auftrag, den Bekannten Bescheid zu sagen, daß sie mich nicht ansprechen sollen. Ich bin also relativ ruhig. Ich beginne, mich an die Angst vorm Sterben zu gewöhnen. Das scheint unmöglich. Ich würde lieber so sagen: ich begann, mich an die Idee des Sterbens zu gewöhnen.

Was er im Flore tut, wird er nie wieder tun. Er legt seine Tasche auf den Tisch. Er macht sie auf. Er holt einen Revolver aus dieser Tasche. Er legt die Tasche auf den Tisch, und er legt den Revolver auf die Tasche. Diese Gebärden führt er ohne ein Wort der Erklärung aus. Dann zieht er zwischen seinem Ledergürtel und seiner Hosentasche eine anscheinend goldene Uhrkette heraus. Er sagt zu mir: »Schauen Sie her, das ist die Kette für die Handschellen, sie ist aus Gold. Der Schlüssel ist ebenfalls aus Gold.«
Er macht die Tasche wieder auf und holt die Handschellen heraus, die er ebenfalls neben den Revolver legt. Und das im Flore. Es ist ein großer Tag für ihn, daß man ihn hier sieht, mit der Ausrüstung des vollkommenen Polizisten. Ich weiß nicht, was er bezweckt. Will er mich der größten Schande aussetzen, mit einem Gestapomann am selben Tisch gesehen zu werden, oder will er mich nur überzeugen, daß er das wirklich ist, und nur das, diese Funktion, die darin besteht, allem den Tod zu geben, was nicht Nazi ist. Er holt aus seiner Tasche einen Packen Fotos heraus, er sucht eins davon aus, legt es vor mich hin.
»Sehen Sie sich dieses Foto an«, sagt er.
Ich sehe mir das Foto an. Es ist Morland. Das Foto ist sehr groß, es ist fast lebensgroß. François Morland sieht mich ebenfalls an, sieht mir lächelnd tief in die Augen. Ich sage:
»Keine Ahnung. Wer ist das?«
Ich war überhaupt nicht darauf gefaßt. Neben dem Foto die Händen Rabiers. Sie zittern. Rabier zittert vor

Hoffnung, weil er glaubt, daß ich François Morland erkennen werde. Er sagt:

»Morland« – er wartet. »Sagt Ihnen der Name nichts?«

»Morland . . .«

»François Morland, es ist der Chef der Widerstandsgruppe, zu der Ihr Mann gehört.«

Ich blicke immer noch auf die Fotos. Ich sage.:

»In diesem Fall müßte ich ihn kennen.«

»Nicht unbedingt.«

»Haben Sie noch andere Fotos?«

Er hat noch ein anderes.

Ich merke mir: sehr hellgrauer Anzug, sehr kurze Haare, Fliege, Schnurrbart.

»Wenn Sie mir sagen, wie ich diesen Mann finden kann, wird Ihr Mann noch heute nacht freigelassen, er wird morgen früh zu Hause sein.«

Zu helles Grau, Schnurrbart vor allem, zu kurze Haare. Zweireihiger Anzug. Fliege zu auffällig.

Rabier lächelt überhaupt nicht, er zittert immer noch. Ich zittere nicht. In dem Augenblick, in dem es nicht nur um das eigene Leben geht, fällt einem ein, was man sagen muß. Mir fällt ein, was ich sagen und tun muß, ich bin gerettet. Ich sage: »Selbst wenn ich ihn kennen würde, wäre es wirklich widerlich von mir, Ihnen solche Auskünfte zu geben. Ich verstehe nicht, wie Sie es wagen können, so etwas von mir zu verlangen.«

Während ich ihm das sage, sehe ich mir das andere Foto an.

Sein Ton ist nicht mehr so überzeugt: »Dieser Mann ist zweihundertfünfzigtausend Francs wert. Aber es ist nicht deshalb. Für mich ist das sehr wichtig.«

Morland ist in meinen Händen. Ich habe Angst um

Morland. Ich habe keine Angst mehr um mich. Morland ist mein Kind geworden. Mein Kind ist bedroht, ich riskiere mein Leben, um es zu verteidigen. Ich bin für es verantwortlich. Plötzlich ist es Morland, der sein Leben riskiert. Rabier fährt fort:

»Ich versichere Ihnen, ich schwöre Ihnen: Ihr Mann würde noch heute nacht Fresnes verlassen.«

»Selbst wenn ich ihn kennen würde, würde ich es Ihnen nicht sagen.«

Ich sehe mir endlich die Leute im Lokal an. Niemand scheint die Handschellen und den Revolver auf dem Tisch gesehen zu haben.

»Aber Sie kennen ihn nicht?«

»Richtig. Zufälligerweise kenne ich ihn nicht.«

Rabier steckt die Fotos wieder in die Tasche. Er zittert noch ein wenig, er lächelt nicht. In seinem Blick ist ein Schimmer von Trauer, aber nur kurz, schnell getilgt.

Ich notiere mir auch diese Neuigkeiten, um ihn, Robert L., zum Lachen zu bringen. Er lacht, er platzt vor Lachen. Ich notiere den Schlüssel der goldenen Handschellen, die goldene Kette. Ich höre das schallende Gelächter von Robert L.

Rabier hatte in der Zeit, die unserer Begegnung vorausging, bereits vierundzwanzig Verhaftungen vorgenommen, doch er hätte gern weitaus mehr Haftbefehle gehabt. Er hätte gern viermal soviel Leute festgenommen und vor allem wichtige Leute. Er betrachtete seine Polizeifunktion als eine Beförderung. Bis dahin hatte er Juden verhaftet, Fallschirmjäger, drittklassige Widerstandskämpfer. Die Verhaftung François Morlands wäre in seinem Leben ein beispielloses Ereignis gewesen. Ich bin sicher, daß Rabier eine mögliche Verbindung zwischen der Verhaftung Morlands und der Kunstbuchhandlung sah. In seinem Wahn hätte diese Verhaftung von Rang ihrem Urheber eine Belohnung in dieser Größenordnung einbringen können. Die deutsche Niederlage zog Rabier nie in Betracht. Denn wenn Rabier sich vorstellen konnte, jetzt Polizist zu sein und morgen Direktor einer Kunstbuchhandlung in Paris, dann ließ sich sein Traum nur auf dem Umweg über einen deutschen Sieg verwirklichen, denn nur eine deutsch-französische Nazi-Gesellschaft, die über Frankreich herrschte, konnte seine Dienste anerkennen, ihn in ihrer Mitte behalten.

Rabier sagte mir eines Tages, daß er, falls die Deutschen gezwungen seien, Paris zu räumen, eine Möglichkeit, an die er keineswegs glaubte, in geheimer Mission in Frankreich bleiben würde. Ich glaube, es war in einem Restaurant, zwischen zwei Gängen, der Ton war ungezwungen.

Mit dem, was mir noch an Geld bleibt, kaufe ich mir drei Kilo von Würmern zerfressene Bohnen und ein Kilo Butter, sie ist wieder aufgeschlagen, sie kostet jetzt zwölftausend Francs das Kilo. Ich mache diese Ausgaben, um mich am Leben zu erhalten.

Wir sehen uns jetzt jeden Tag, D. und ich. Wir sprechen von Rabier. Ich erzähle ihm, was er sagt. Ich habe große Mühe, ihm seine wesensmäßige Dummheit zu beschreiben. Sie hüllt ihn ganz ein, ohne Zugangsbereich. Alles bei Rabier beruht auf dieser Dummheit, die Gefühle, die Phantasie und der schlimmste Optimismus. Und das von

Anfang an. Ich bin nie jemandem begegnet, der so allein war wie dieser Totenlieferant.

In den Gruppenfotos des Zentralkomitees des Obersten Sowjet in Moskau präsentieren sich die Mördermitglieder für mich in der gleichen Einsamkeit wie Rabier, die Seele von Motten zerfressen, die Einsamkeit der Cholera, weniger noch, jede in ihrem Anzug, jede vor dem Nachbarn zitternd, aus Angst vor der Hinrichtung von morgen.

Im Fall Rabiers gab es etwas, das ihn noch einsamer machte als die andern. Außer der Kunstbuchhandlung mußte Rabier auf das Ende eines Alptraums warten. Aber davon hat er nie mit mir gesprochen. Daß Rabier sich mit der Identität eines Toten ausstaffiert hat, daß er die Identität dieses jungen, in Nizza gestorbenen Mannes gestohlen hat, das hat er doch wohl getan, weil es in den Jahren davor in seinem Leben eine kriminelle Handlung gegeben hatte, eine Episode, die nicht aufgeklärt war und für die er immer noch mit einer Strafe rechnen mußte. Er lebte unter einem angenommenen, einem geliehenen Namen. Unter einem französischen Namen. Und das macht einen Menschen noch einsamer als die anderen Menschen. Ich war die einzige, die Rabier zuhörte. Aber Rabier war nicht hörbar. Ich spreche von seiner Stimme, von Rabiers Stimme. Sie war künstlich zusammengesetzt, war kalkuliert, eine Prothese. ›Enttönt‹, dieses Wort hätte man sagen können, um sie näher zu bestimmen, aber es war viel erheblicher, viel krasser. Es war auch, weil diese Stimme nicht vernehmbar war, daß ich ihm so aufmerksam zuhörte. Von Zeit zu Zeit unterliefen ihm Spuren eines Akzents. Aber was für ein Akzent? Man hätte höchstens sagen können: »So etwas wie Spuren eines deutschen Akzents.« Und diese Fremdheit, jene, die aus dem Gedächtnis aussickerte und sich in der Stimme ausbreitete, nahm ihm jede mögliche Identität. Niemand sprach so, der eine Kindheit und Schulkameraden in dem Land hatte, in dem er aufgewachsen war.

Rabier kannte niemanden. Er sprach nicht einmal mit seinen Kollegen, ich glaubte zu erraten, daß sie auch keinen Wert darauf legten. Rabier konnte nur mit Leuten reden, über deren Leben er verfügte, jene, die er in die Krematoriumsöfen schickte oder in die Konzentrationslager, oder jene, die dageblieben waren und auf Nachrichten warteten, ihre Frauen.

Er hatte dem deutschen Deserteur nur deshalb einen Aufschub von drei Wochen gewährt, damit er drei Wochen lang mit jemandem reden konnte, reden von sich selbst, von Rabier. Ich bin sein Irrtum gewesen. Er hätte mich verhaften können, wann immer er wollte. Er hat in mir eine Zuhörerin gefunden, wie er sie sicherlich noch nie gehabt hatte, unermüdlich. Das verwirrte ihn so stark, daß man ihm in diesem Maße zuhörte, daß er Unvorsichtigkeiten beging, zuerst ganz harmlose und dann immer größere, gefährlichere, die ihn aber in der allereinfachsten Logik zur Hinrichtung führen sollten.

Nachts wache ich auf, in der Nacht ist die Leere der Abwesenheit riesengroß, die Angst dringt durch, entsetzlich. Dann erinnert man sich, daß noch niemand eine Nachricht hat. Erst später, wenn langsam die Nachrichten kommen, wird das Warten anfangen.

Rabier ist mit einer jungen Frau von sechsundzwanzig Jahren verheiratet. Er ist einundvierzig. Er hat ein Kind, das zwischen vier und fünf sein muß. Er lebt mit seiner Familie in der nahen Pariser Bannmeile. Er kommt jeden Tag mit dem Fahrrad nach Paris. Ich glaube, ich habe nie erfahren, was er seiner Frau über seine Tätigkeit sagte. Sie wußte nicht, daß er bei der Gestapo war. Er ist ein großer blonder Mann, er ist kurzsichtig, und er trägt eine Brille mit Goldrand. Er hat einen blauäugigen, lachenden Blick. Hinter diesem Blick spürt man etwas von der strotzenden Gesundheit dieses Körpers. Er ist sehr gepflegt. Er wechselt jeden Tag das Hemd. Seine Schuhe sind jeden Tag geputzt. Seine Fingernägel sind makellos. Seine Sauberkeit ist unvergeßlich, übertrieben, fast manisch. Es muß für ihn wohl eine Frage des Prinzips sein. Er ist wie ein Herr gekleidet. In diesem Beruf muß man wie ein Herr aussehen. Er, der schlägt, der kämpft, der mit den Waffen, dem Blut, den Tränen arbeitet, man könnte meinen, daß er mit weißen Handschuhen operiert, er hat Chirurgenhände.

Irgendwann in den ersten Tagen der deutschen Auflösung sagt Rabier mit einem Lächeln: »Rommel wird zum Gegenangriff übergehen. Ich habe Informationen.«

Wir kommen gerade aus einer Kneipe in der Nähe der Börse und gehen nebeneinanderher. Es ist schönes Wetter. Wir reden vom Krieg. Man mußte immer reden, sonst sah es aus, als sei man traurig. Ich rede, ich sage, daß die Front in der Normandie seit mehreren Wochen auf der Stelle tritt. Ich sage, daß Paris ausgehungert ist. Daß das Kilo Butter dreizehntausend Francs kostet. Er sagt: »Deutschland ist unbesiegbar.«

Wir gehen. Er sieht sich alle Dinge um ihn herum genau an, die leeren Straßen, die Menge auf den Bürgersteigen. Die Meldungen sind eindeutig, ihre Front wird von einem Tag auf den andern zusammenbrechen, die ganze Welt wartet auf diesen Augenblick, den ersten Rückzieher. Er betrachtet Paris liebevoll, er kennt es sehr gut. In ähnlichen Straßen wie diesen hat er Leute verhaftet. Jede Straße hat ihre Erinnerungen, ihr Geheul, ihre Schreie, ihre Schluchzer. Diese Erinnerungen machen Rabier nicht zu schaffen. Sie sind die Gärtner dieses Gartens, Paris, dieser Straßen, die sie lieben und die jetzt judenfrei sind. Er erinnert sich nur an seine guten Taten, er hat überhaupt keine Erinnerung daran, brutal gewesen zu sein. Wenn er von den Leuten redet, die er verhaftet hat, wird er weich gestimmt: alle haben verstanden, daß es seine traurige Pflicht war, es zu tun, sie haben nie Schwierigkeiten gemacht, sie waren alle bezaubernd.

»Sie sind traurig, ich kann es nicht ertragen, daß Sie traurig sind.«

»Ich bin nicht traurig.«

»Doch, Sie sind es, Sie sagen nichts.«

»Ich möchte meinen Mann sehen.«

»Ich kenne jemanden in Fresnes, der erfahren kann, wie es ihm geht, der Ihnen sagen wird, mit welchem Transport er wegkommen wird. Aber man muß ihm Geld geben.«

Ich sage ihm, daß ich kein Geld habe, daß ich aber Schmuck habe, einen goldenen Ring mit einem sehr schönen Topas. Er sagt, man könne es ja mal versuchen. Am nächsten Tag komme ich mit dem Ring, ich liefere ihn bei ihm ab. Am übernächsten Tag sagt mir Rabier, daß er den Ring der betreffenden Person ausgehändigt habe. Dann spricht er nicht mehr davon. Mehrere Tage vergehen. Ich frage nach, was mit dem Ring passiert ist. Er sagt mir, daß er versucht habe, die betreffende Person wiederzusehen, doch vergeblich, er glaubt, daß sie nicht mehr in Fresnes arbeitet, daß sie wohl nach Deutschland abgereist ist. Ich frage nicht, ob sie mit dem Ring abgereist ist.

Ich habe immer geglaubt, daß Rabier diesen Ring nie weitergegeben hat, daß er ihn genommen hat, daß er diese Geschichte von einer Frau in Fresnes erfunden hat, um mich zu halten, um mich glauben zu machen, mein Mann sei immer noch dort, erreichbar, und er könne immer noch versuchen, mit ihm in Verbindung zu treten. Er konnte mir den Ring nicht zurückgeben, ohne mir seine Lüge zu enthüllen.

Er hat immer diese sehr schöne, außergewöhnlich schöne Tasche bei sich. Ich habe immer gedacht, daß es eine ›Beschlagnahmung‹ war, die er anläßlich einer Verhaftung vorgenommen hat, oder bei einer Hausdurchsuchung in einer leeren Wohnung. Es war nie etwas anderes in seiner Tasche als die Handschellen und der Revolver. Keine Papiere, niemals. Außer damals, im Flore, die Photos von Morland.

In den Innentaschen seiner Jacke trägt er zwei weitere Revolver von kleinerem Kaliber bei sich. Seinem Verteidiger, Rechtsanwalt F., zufolge kommt es vor, daß er zusätzlich zu diesen beiden noch zwei andere bei sich trägt, ebenfalls in den Innentaschen seiner Jacke, die eigens zu diesem Zweck angefertigt sind.

Dieses maßlose Tragen von Revolvern wird beim Prozeß zu Gunsten von Rabier ausgelegt.

»Sehen Sie sich diesen Dummkopf an, der bis zu sechs

Revolver bei sich trug«, sagte Rechtsanwalt F., sein Pflichtverteidiger.

Auf der Anklagebank ist Rabier allein. Er hört aufmerksam zu. Alles, was hier gesagt wird, betrifft ihn. Er stellt die sechs Revolver nicht in Abrede. Man spricht von ihm und über ihn, und damit ist die Hauptsache von dem, was er im Leben gewollt hat, erreicht. Man spricht von Rabier, man verhört ihn, und er antwortet. Er versteht selbst nicht, warum er sechs Revolver bei sich hat und die Handschellen aus Gold und eine Kette und einen Schlüssel aus Gold. Man erklärt es ihm nicht.

Er ist allein auf der Anklagebank. Er ist nicht beunruhigt, zeigt einen Mut, den man übernatürlich nennen könnte, so gleichgültig scheint ihm der Tod zu sein, der ihn erwartet. Er schaut uns voller Freundschaft an. Wir sind die einzigen, D., er und ich, die weniger reden als die andern. Er wird von uns sagen: »Sie waren loyale Feinde.«

Ich fahre nach Fresnes. Immer zahlreicher sind wir, die wir jeden Morgen nach Fresnes fahren, um zu versuchen, etwas herauszubekommen. Wir warten vor dem riesigen Tor des Gefängnisses von Fresnes. Wir befragen alle, die dort herauskommen, sowohl die deutschen Soldaten als auch die französischen Putzfrauen. Die Antwort ist immer die gleiche: »Ich weiß nichts. Wir wissen nichts.«

Entlang der Eisenbahnlinien, über die die Transporte mit den Juden und den Deportierten kamen, finden die Leute manchmal auf kleine Papierfetzen geschriebene Namen mit der Adresse, an die man sie schicken soll, und mit der

Transportnummer. Viele dieser Papiere kommen beim Empfänger an. Manchmal liegt dem ersten Zettel noch ein zweiter Zettel bei, auf dem dann der Ort in Frankreich, Deutschland oder Schlesien steht, wo der erste Zettel gefunden worden ist. Auch darauf wartet man allmählich, auf diese Mitteilungen, die aus den Güterwaggons geworfen wurden. Für den Fall, daß.

Die deutsche Verteidigung in der Normandie bricht zusammen. Man versucht herauszufinden, was sie mit ihren Gefangenen machen werden: ob sie die Deportation der *politischen Gefangenen* beschleunigen, oder ob sie sie erschießen, bevor sie abrücken. Seit einigen Tagen kommen Autobusse aus dem Gefängnis, voller Männer, die von bewaffneten Soldaten eingerahmt werden. Manchmal rufen sie uns Auskünfte zu. Eines Morgens sehe ich auf der Plattform eines dieser Autobusse Robert L. Ich laufe hinterher, ich frage, wo sie hinfahren. Robert L. schreit etwas. Ich glaube, das Wort ›Compiègne‹ zu hören. Ich falle in Ohnmacht. Leute kommen zu mir. Sie bestätigen mir, daß sie das Wort ›Compiègne‹ gehört haben. Compiègne ist der Verschiebebahnhof, der die Lager beliefert. Seine Schwester ist sicherlich schon weg. Ich glaube, daß die Gefahr, daß er getötet wird, jetzt geringer ist, da es noch Züge gibt. Später erfahre ich dann, wahrscheinlich durch Morland, ich weiß es nicht mehr genau, daß ich mich geirrt habe, daß Robert L. am achtzehnten August mit dem Transport der schweren Fälle nach Deutschland gebracht worden ist.

Noch am gleichen Abend teile ich D. meinen Entschluß mit, Rabier der Bewegung auszuliefern, damit sie schnell machen, bevor er Zeit hat zu fliehen.

Als erstes müssen einige Mitglieder der Bewegung Rabier identifizieren. Es eilt plötzlich. Ich habe Angst zu sterben. Alle haben Angst zu sterben. Es ist eine entsetzliche Angst. Wir kennen die Deutschen nicht. Wir leben in der Gewißheit, daß die Deutschen Mörder sind. Ich weiß, daß Rabier mich töten kann, wie ein Kind es wüßte. Das bestätigt sich jeden Tag. Auch wenn er mich jeden Tag anruft, kommt es doch vor, daß er mich mehrere Tage hintereinander »nicht sehen kann«, wie er sagt. Sicherlich schaffen sie die Akten fort, stelle ich mir vor. Dann kann er mich eines Tages wieder sehen. Er fragt, ob ich mit ihm zu Mittag essen könne. Ich sage ja. Wie üblich ruft er mich eine halbe Stunde danach an, um mir die Uhrzeit und den Ort anzugeben. D. ruft mich wie vereinbart wieder an. Er sagt mir, daß sie sicherheitshalber zu zweit kommen, um ihn wiederzuerkennen.

Es ist ein Restaurant in der Rue Saint-Georges, in der Nähe des Bahnhofs Saint-Lazare, in dem fast ausschließlich Gestapoleute verkehren. In Anbetracht der Nachrichten fürchtet Rabier sicherlich, sich von den Seinen zu entfernen.

Rabier erwartet mich wie üblich außerhalb des Restaurants, an der Kreuzung der Rue Saint-Georges und der Rue Notre-Dame-de-Lorette.

Es ist viel Betrieb. Der Ort ist ziemlich düster und besteht aus zwei Räumen von gleicher Größe, von denen einer auf die Straße geht. Die beiden Räume sind durch eine lange, mit Kunstleder bezogene Polsterbank voneinander getrennt. Rabier und ich setzen uns an den Tisch im Hintergrund, in dem Raum, der auf die Straße geht.

Erst als ich neben ihm sitze, sehe ich auf. Die Kameraden sind noch nicht da. Das Lokal ist fast voll. Fast alle diese Leute haben Aktentaschen unter den Arm geklemmt. Rabier grüßt alle. Man grüßt kaum zurück. Ich finde mich in meiner Idee bestätigt, daß er sogar hier, unter den Seinen, allein ist.

Von neuem schlage ich die Augen nieder – die bleiernen Augenlider verhindern den Blick, beschützen. Ich schäme mich, und ich habe Angst. Ich vereinfache: ich bin die einzige hier, die nicht bei der deutschen Polizei beschäftigt ist. Ich habe Angst, getötet zu werden, ich schäme mich zu leben. Ich unterscheide nicht mehr. Was mich jeden Tag etwas magerer werden läßt, das ist sowohl die Scham als auch die Angst und der Hunger. Die Angst um Robert L. beschränkt sich auf die Angst vor dem Krieg. Man weiß noch nicht Bescheid über die Konzentrationslager. Es ist August 1944. Erst im Frühjahr wird man sehen. Deutschland verliert seine Eroberungen, doch sein Boden ist noch unverletzt. Von den Nazi-Greueln ist noch nichts entdeckt worden. Was man für die Kriegsgefangenen, für die Deportierten befürchtet, ist das unwahrscheinliche Durcheinander der Katastrophe, das sich ankündigt. Wir sind noch rein von jenem Wissen über das, was sich seit 1933 in Deutschland zugetragen hat. Wir sind in der Frühzeit der Menschheit, sie ist da, unberührt, jungfräulich, für einige Monate noch. Noch ist nichts über die Gattung Mensch enthüllt. Ich bin elementaren Gefühlen preisgegeben, deren Reinheit und Schlichtheit durch nichts getrübt wird. Ich schäme mich, neben dem Gestapomann Pierre Rabier zu sitzen, aber ich schäme mich auch, diesen Gestapomann, diesen Judenjäger, belügen zu müssen. Die Scham geht soweit, daß ich mich schäme, vielleicht durch ihn sterben zu müssen. Die Nachrichten sind schlecht für sie. Montgomery hat in der Nacht die Front bei Arromanches durchbrochen. Rommel ist vom Führerhauptquartier sofort von der Front in der Normandie abberufen worden.

Am Nebentisch sitzt ein Paar, das Rabier, wie es den Anschein hat, flüchtig kennt. Sie fangen an, vom Krieg zu reden. Ich schlage von neuem die Augen nieder oder schaue auf die Straße. Es ist mir unmöglich – das ist jedenfalls mein Eindruck – sie anzusehen, wenn ich nicht eine große Gefahr laufen will. Ich glaube plötzlich, daß man hier tief in den Augen, im Blick der Leute liest, in ihrem Lächeln, in ihren Tischmanieren, und das genauso natürlich wie man sich zu erscheinen bemüht. Die Dame vom Nachbartisch sagt, wobei sie sich an Rabier und an mich wendet: »Sehen Sie, heute nacht sind sie schon gekommen. Sie haben an die Tür geklopft. Wir haben nicht gefragt, wer da ist, wir haben kein Licht gemacht.«

Mir ist klar, daß Mitglieder der Widerstandsbewegung heute nacht zu diesen Leuten gekommen sind. Daß die Tür ihrer Wohnung gepanzert ist und daß sie nicht hereingekommen sind. Rabier hat gelächelt, er hat sich mir zugewandt, er hat ganz leise gesprochen: »Sie hat Angst.«

Er bestellt Wein. Sie sind immer noch nicht angekommen. Der Wein verändert alles. Die Angst schmilzt dahin. Ich frage ihn:

»Und Ihre Tür?«

»Sie ist nicht gepanzert, ich habe keine Angst, das wissen Sie genau.«

Zum ersten Mal spreche ich mit ihm über die ohnmächtige Frau, die er in seinen Armen hielt, damals im Flur der Gestapo, als ich ihn wiedergesehen habe. Ich sage, daß ich weiß, daß es sich um die Folter in der Badewanne handelte. Er lacht, wie er über die Naivität eines Kindes lachen würde. Er sagt, das sei gar nichts, aber wirklich nichts, es sei nur unangenehm, man habe da übertrieben, sehr übertrieben. Ich sehe ihn an. Er hat schon weniger Bedeutung. Er ist nichts mehr. Er ist nur ein Agent der deutschen Polizei, niemand mehr. Ich sehe ihn plötzlich als Figur einer burlesken Komödie, die schwachsinnig ist wie eine schlechte Rhetorikaufgabe, sehe ihn bereits von einem Tod gleichen Schlages ereilt, der selber entwertet ist, nicht wirklich, sozusagen zweidimensional. D. hat mir gesagt, daß sie versuchen würden, ihn in den nächsten Tagen umzulegen. Der Ort ist bereits bestimmt. Man muß schnell machen, bevor er Paris verläßt.

Die Aussicht, daß D. in diesem Restaurant auftaucht, ist nicht vorstellbar. Ich glaube, sobald sie hereinkommen, so schön, so jung, wird die deutsche Polizei sie erkennen. Und ich glaube, daß sie sich schlecht benehmen werden. Die Art von Angst, die ich seit Wochen mit Rabier durchlebe, die Angst, daß ich der Angst nicht Trotz bieten kann – der Schutz liegt in dieser Art zu reden – diese Angst kennen sie nicht. Es sind Unschuldige. Neben Rabier und mir sind es Unschuldige, sie haben den Tod in keiner Weise betrieben.

Ich sage zu Rabier: »Die Nachrichten sind schlecht für Sie.«

Er schenkt mir Wein ein, wieder und wieder. Er hat das noch nie getan, und auch ich trinke nie auf diese Art:

sobald der Wein eingeschenkt ist, kippe ich ihn hinunter. Ich sage: »Die Nachrichten sind gut für mich.«

Ich lache. Es ist der Wein. Das ist klar, es ist der Wein. Ich kann schon gar nicht mehr trinken. Er sieht mich an. Er ist sicherlich mit diesem Blick gestorben. Schon trennt er sich von allem, von einem Heiligenschein umgeben, schon ist er das, was er auf der Anklagebank sein wird, er kann schon nichts anderes mehr sein: ein Held.

»Eines Tages«, sagt Pierre Rabier, »sollte ich Juden verhaften, wir sind in die Wohnung gekommen, es war niemand da. Auf dem Tisch im Eßzimmer lagen Farbstifte und eine Kinderzeichnung. Ich bin wieder weggegangen, ohne auf die Leute zu warten.« Er ist sogar so weit gegangen, mir zu sagen, für den Fall, daß er es gewußt hätte, hätte er mich vor meiner Verhaftung gewarnt. Ich übersetze: für den Fall, daß ein anderer als er mich hätte verhaften sollen. So ist er, von einer absoluten Gleichgültigkeit gegenüber dem menschlichen Schmerz, doch er leistet sich den Luxus, gewisse private Schmerzgefühle zu haben, und ihnen verdanken wir unser Leben, der kleine Jude und ich.

Ich sehe ihn wieder an, mit dem Wein kommt das immer häufiger vor. Er spricht von Deutschland. Ich kann seinen Glauben nicht teilen. Er ist an sich unbegreiflich, vor allem für die andern, die französischen Besiegten. Ich sage zu ihm:

»Es ist aus, vorbei. In drei Tagen wird Montgomery in Paris sein.«

»Sie verstehen das nicht. Das ist unmöglich. Unsere Kraft ist unerschöpflich. Nur die Deutschen können das verstehen.«

Er wird an der Vernunft der Götter sterben. Das jedenfalls werden die Zeitungen schreiben. Ich sage: er wird in drei Nächten sterben. Ich erinnere mich ganz genau: ich betrachtete sein neues Hemd. Er trug einen kastanienbraunen Anzug. Sein Hemd hatte einen Schillerkragen und war auf den Anzug abgestimmt, von einem leicht goldglänzenden Beige. Ich habe gedacht, daß es schade sei für dieses neue Hemd, ausgerechnet an einen zum Tode Verurteilten geraten zu sein. Ich habe noch einmal ganz fest gedacht und ihn dabei ganz fest angesehen: »Ich sage dir, daß du dir heute nachmittag keine Schuhe kaufen wirst, weil es sich nicht mehr lohnt.« Er hört nicht. Ich denke, daß er meine Gedanken nicht hören darf, daß er nichts mehr darf, daß er nur noch zu sterben hat.

Ich denke, daß er, wenn er mich zwingt, so zu trinken, bereits in der Verzweiflung der Niederlage lebt, es ist seltsam, daß er es nicht weiß. Er glaubt, daß er mir zu trinken gibt, um anschließend zu versuchen, mich in ein Hotel zu schleppen. Aber ihm entgeht, daß er noch nicht weiß, was er mit mir in diesem Hotel tun wird, ob er mich nehmen oder ob er mich töten wird. Er sagt: »Ach, das ist ja entsetzlich, Sie sind schon wieder magerer geworden. *Ich kann das nicht ertragen.*«

An diesem Morgen spüre ich ganz deutlich, daß ausgerechnet derjenige, der die Juden verhaftet und in die Krematorien schickt, den Anblick nicht erträgt, den ich seinen Augen biete, den einer mageren und leidenden Frau – in dem Moment, wo er die Ursache ist. Er wird oft sagen, daß er, wenn er Bescheid gewußt hätte, meinen Mann nicht verhaftet hätte. Jeden Tag entschied er über mein Schicksal, und jeden Tag hätte mein Schicksal, wenn er Bescheid gewußt hätte, sagte er, anders ausgesehen. Ob er es gewußt hat oder nicht, vorher oder nachher, mein Schicksal war in seinen Händen. Diese Macht ist der Polizei übertragen. Doch gewöhnlich ist man bei der Polizei von seinen Opfern abgeschnitten, er, der mich kannte, hatte die Bestätigung seiner Macht, er kannte die wunderbare Möglichkeit, in den Schatten seiner Handlungen zu treten, diese Heimlichkeit seiner selbst vor sich selbst zu genießen.

Ich stelle plötzlich fest, daß in diesem Restaurant eine große Angst herrscht. Erst als sich meine Angst aufgelöst hat, habe ich diese Angst gesehen. Die vierzig, fünfzig Personen, die sich dort befanden, waren in den kommenden Tagen vom Tod bedroht. Ein Gemetzel, jetzt schon.

Ich erinnere mich an den Wein, frisch. Rot. Ich erinnere mich , daß er nicht trank.

»Sie kennen Deutschland nicht und Hitler auch nicht. Hitler ist ein Militärgenie. Ich weiß aus sicherer Quelle, daß in zwei Tagen riesige Truppenverstärkungen aus Deutschland kommen werden. Sie sollen bereits die Grenze passiert haben. Der englische Vormarsch wird gestoppt.«

»Ich glaube es nicht. Hitler ist kein Militärgenie.«

Ich füge noch hinzu: »Ich habe ebenfalls Informationen. Sie werden sehen.«

Die Dame zeigt auf mich und sagt: »Was erzählt sie da?«

Rabier dreht sich nach ihr um. Er ist plötzlich kalt, reserviert.

»Sie hat nicht die gleichen Ansichten über den Krieg wie wir«, sagt Rabier.

Die Frau versteht nicht, was Rabier sagt, auch nicht, warum er plötzlich diesen so unfreundlichen Ton hat.

Ich sehe, wie sie auf der Straße ihr Fahrrad abstellen. Es ist D. Als zweite Person haben sie ein junges Mädchen gewählt. Ich schlage die Augen nieder. Rabier sieht sie an, dann läßt er sie aus den Augen, er merkt nichts. Sie muß achtzehn sein. Sie ist eine Freundin. Ich würde mich weniger aufregen, wenn sie durch eine Feuersglut gingen. Sie gehen durch das Restauraunt. Sie suchen einen Tisch. Es gibt sehr wenige freie Tische. Sie müssen allmählich fürchten, daß sie keinen Tisch finden. Ich sehe sie, ohne sie anzuschauen. Ich trinke. Endlich finden sie einen Tisch. Er ist zwei Tische von dem unseren entfernt, dem unseren gegenüber. Ich bemerke, daß noch ein anderer frei war, etwas weiter weg, den haben sie nicht genommen, sie haben den gewählt, der am nächsten ist. Vielleicht sind sie bereits von ihrer Rolle besessen, beherrscht von Unvorsichtigkeiten und kindlichem Ungestüm. Ich husche mit dem Blick über ihre Gesichter hinweg, ich sehe die Freude, die sie in den Augen haben. Sie sehen sie ebenso in meinen Augen.

Rabier spricht: »Gestern, sehen Sie, habe ich einen jungen, zwanzigjährigen Mann verhaftet, in der Nähe des Invalidendoms. Die Mutter des jungen Mannes war da. Es war furchtbar. Wir haben den jungen Mann in Gegenwart seiner Mutter verhaftet.«
Ein Kellner ist an ihren Tisch gekommen, sie lesen die Speisekarte. Ich esse, ich weiß nicht mehr was. Rabier fährt fort: »Es war furchtbar. Diese Frau schrie und brüllte. Sie erklärte uns, daß ihr Kind ein gutes Kind sei,

daß sie, seine Mutter, es wisse, daß wir ihr glauben müßten. Aber sehen Sie, das Kind, es sagte nichts.«

Ein Geiger kommt ins Restaurant. Es wird alles einfacher werden. Ich nehme den Faden wieder auf:

»Und das Kind sagte nichts?«

»Nichts. Es war außerordentlich. Es war ganz ruhig. Es versuchte, seine Mutter zu trösten, bevor es uns folgte. Ach! Es war uns soviel näher als seiner Mutter, es war außerordentlich.«

Sie rufen den Geiger zu sich. Ich warte, ich antworte Rabier nicht. Da: es ist ein Lied, das ich kenne, das wir zusammen sangen, wenn wir uns trafen. Ich muß furchtbar lachen, ich kann überhaupt nicht mehr aufhören zu lachen. Rabier sieht mich verständnislos an.

»Was haben Sie?«

»Der Krieg ist zu Ende. Es ist soweit, das ist das Ende, das Ende Deutschlands. Und das macht Spaß.«

Er lächelt mich immer noch freundlich an und sagt zu mir folgendes, was unvergeßlich ist. Und auch großartig, wenn man Nazi ist:

»Ich kann verstehen, daß Sie das hoffen. Sehen Sie, ich kann es durchaus verstehen. Aber das ist einfach nicht möglich.«

»Deutschland hat verloren, es ist aus.«

Ich lache, ich kann nicht mehr aufhören. Auch sie lachen, dort drüben am Tisch. Der Geiger spielt nach Herzenslust. Rabier sagt: »Sie sind fröhlich, das freut mich jedenfalls.«

Ich sage: »Sie hätten diesen jungen Mann in Ruhe lassen können, am letzten Tag vor dem Ende, was konnte Ihnen das schon ausmachen. Sie haben ihn getötet, um sich zu beweisen, daß der Krieg nicht zu Ende ist, nicht wahr?«

Und nun kommt, was wir schon wußten, D. und ich:

»Das ist es nicht. Der Krieg wird für Leute wie mich nicht aufhören. Ich werde Deutschland auch weiterhin dienen, bis zum Tod. Ich werde Frankreich nicht verlassen, wenn Sie es wissen wollen.«

»Sie werden nicht in Frankreich bleiben können.«

Ich habe noch nie so gesprochen. Ich gestehe ihm gewissermaßen, wer ich bin. Und er will es nicht hören.

»Deutschland kann nicht verlieren, und im Grunde wissen Sie das genau. In zwei Tagen werden Sie eine Überraschung erleben.«

»Nein. Es ist aus, vorbei. In zwei Tagen oder drei Tagen oder vier Tagen wird Paris frei sein.«

Die Dame nebenan hört alles, was wir sagen, trotz der Geige. Die Angst hat mich verlassen. Sicherlich der Wein. Die Dame schreit:

»Ja was will sie denn sagen?«

»Wir haben ihren Mann verhaftet«, sagt Rabier.

»Ach darum . . .«

»Eben darum«, sagt Rabier, »sie ist Französin.«

Viele von diesen Leuten betrachten meine Freunde, dieses Liebespaar, das plötzlich an ihrem Ort aufgetaucht ist. Sie suchen allem Anschein nach nicht herauszufinden, wer sie sind. Sie lächeln, getröstet: der Tod ist also nicht so nahe.

Der Geiger spielt vor den beiden verirrten Verliebten wieder das Lied. Ich stelle fest, daß nur sie und ich keine Angst haben. Die Lieder, die der Geiger spielt, sind neu. Lieder der deutschen Besatzung. Für sie schon herzzerreißend. Überholt. Schon Vergangenheit. Ich frage Rabier:

»Die Panzertüren, nützt das was?«

»Es ist teuer« – er lächelt wieder – »aber es nützt was.«

Die Dame von der Gestapo sieht mich fasziniert an, sie möchte etwas über das Ende wissen. Ich komme aus einem für sie fernen Land, ich komme aus Frankreich. Ich glaube, sie möchte mich fragen, ob es wirklich das Ende ist. Ich frage:

»Was werden Sie tun?«

»Ich habe an eine kleine Buchhandlung gedacht«, sagt Rabier. »Die Bibliophilie war schon immer meine Leidenschaft, vielleicht könnten Sie mir helfen.«

Ich versuche, ihm ins Gesicht zu sehen, es gelingt mir nicht. Ich sage: »Wer weiß?«

Ich erinnere mich plötzlich an etwas, das man mir über die Angst gesagt hat. Daß man im Maschinengewehrfeuer die Existenz seiner Haut wahrnimmt. Ein sechster Sinn, der zum Vorschein kommt. Ich bin betrunken. Es fehlt nicht mehr viel und ich sage ihm, daß man ihn umlegen wird. Vielleicht nur noch ein einziges Glas Wein. Plötzlich ist eine Leichtigkeit zu leben in mir, wie wenn man im Sommer ins Meer springt. Alles wird möglich. Um ihn nicht zu täuschen, ihn, den Denunzianten. Ihm sagen, daß man ihn umlegen wird. In einer Straße im sechsten Arrondissement. Vielleicht ist es einfach nur die Aussicht auf einen Tadel von D., der mich davon abhält, ihm Bescheid zu sagen.

Wir haben das Restaurant verlassen.

Beide mit dem Fahrrad. Er einige Meter vor mir. Ich

erinnere mich, wie er in die Pedale trat. Ganz ruhig. Ein Pariser Straßenfahrer. Um seine Knöchel sind eiserne Handschellen, darüber muß ich lachen. Seine Aktentasche liegt auf dem Gepäckträger, festgezurrt mit einem Riemen.

Ich hebe eine Sekunde lang die rechte Hand und tue so, als zielte ich auf ihn, peng!

In der Ewigkeit tritt er immer noch in die Pedale. Er dreht sich nicht um. Ich lache. Ich ziele auf seinen Nacken. Wir fahren sehr schnell. Drei Meter vor mir die volle Breite seines Rückens, sehr groß. Unmöglich, ihn zu verfehlen, so groß ist er, peng! Ich lache, ich greife wieder nach dem Lenker, um nicht zu fallen. Ich ziele sehr gut, die Mitte des Rückens scheint mir sicherer, peng!

Er hält an. Ich halte hinter ihm. Dann gehe ich zu ihm. Er ist blaß. Er zittert. Endlich. Er sagt es ganz leise: »Kommen Sie mit mir, ich habe einen Freund, der hier ganz in der Nähe eine kleine Wohnung hat. Wir könnten zusammen etwas trinken.«

Es war an einer großen Kreuzung, der Kreuzung nach Châteaudun, glaube ich. Es herrschte Hochbetrieb, wir verschwanden in der Menschenmenge auf den Bürgersteigen.

»Eine Minute«, flehte Rabier, »kommen Sie auf eine Minute mit.«

Ich sage: »Nein. Ein andermal.«

Er wußte, daß ich niemals annehmen würde. Er hatte mich gefragt, um gefragt zu haben, gewissermaßen, bevor er Adieu sagte. Er war in einer großen Erregung, doch ohne wirkliche Überzeugung. Die Angst beschäftigte ihn schon zu stark. Und, sagen wir, die Hoffnungslosigkeit.

Plötzlich gibt er den Kampf auf. Er tritt unter ein Gewölbe und entfernt sich mit seinem Beamtenschritt.

Er hat mich nie wieder angerufen.

Um elf Uhr abends, einige Tage darauf, kam die Befreiung. Er muß wohl auch den wunderbaren Lärm der Kirchenglocken von Paris gehört haben und hat vielleicht auch die Masse der Menschen gesehen, die alle draußen waren. Dieses unaussprechliche Glück. Und dann hat er sich sicherlich in dem Stall in der Rue des Renaudes versteckt. Seine Frau und sein Sohn sind bereits in der Provinz, er ist allein. Seine Frau – unbedeutend und schön, sagt ein Zeuge – die man zum Prozeß vorgeladen hatte, sagte aus, sie habe nichts von den Polizeiaktivitäten ihres Mannes gewußt.

Wir haben versucht, ihn vor dem Justizapparat zu bewahren und ihn selbst zu töten, ihm die übliche Ochsentour vor den Schwurgerichten zu ersparen. Wir hatten sogar den Ort schon vorgesehen, Boulevard Saint-Germain, ich weiß nicht mehr genau wo. Wir haben ihn nicht gefunden. Wir haben also die Polizei von seiner Existenz unterrichtet. Die Polizei hat ihn aufgestöbert. Er war im Konzentrationslager Drancy, allein.

Beim Prozeß habe ich zweimal als Zeuge ausgesagt. Beim zweiten Mal hatte ich vergessen, von dem jüdischen Kind zu sprechen, das er verschont hatte. Ich bat darum, noch einmal gehört zu werden. Ich sagte, daß ich vergessen habe zu sagen, daß er eine jüdische Familie gerettet hat, ich erzählte die Geschichte von der Zeichnung des jüdischen Kindes. Ich sagte auch, daß ich inzwischen erfahren habe, daß er auch zwei jüdische Frauen gerettet hat, die er in die freie Zone hat bringen lassen. Der Oberstaatsanwalt brüllte, er hat zu mir gesagt: »Sie wissen wohl nicht, was Sie wollen, zuerst belasten Sie ihn, jetzt verteidigen Sie ihn. Wir haben hier keine Zeit zu verlieren.«

Ich habe geantwortet, daß ich die Wahrheit sagen wolle, damit sie gesagt worden sei, für den Fall, daß diese beiden Fakten ihm die Todesstrafe hätten ersparen können. Der Generalstaatsanwalt forderte mich auf, den Saal zu verlassen, er war aufgebracht. Der Saal war gegen mich. Ich bin hinausgegangen.

Ich habe bei Rabiers Prozeß erfahren, daß er seine Ersparnisse in den Kauf von Originalausgaben gesteckt hat. Von Mallarmé, Gide und auch von Lamartine, von Chateaubriand, vielleicht auch von Giraudoux: Bücher, die er nie gelesen hatte, die er niemals lesen würde, die er vielleicht zu lesen versucht hatte, jedoch ohne daß es ihm gelungen ist. Diese Auskunft macht allein schon, in meinen Augen, genauso wie sein Beruf, diesen Mann aus, den ich gekannt habe. Zusätzlich zu seinem Aussehen eines feinen Herrn, zu seinem Glauben an Nazi-Deutschland und auch zu seiner gelegentlichen Güte, seinen Zerstreuungen, seinen Unvorsichtigkeiten, vielleicht auch seiner Bindung an mich, mich, durch die er sterben wird.

Und dann ist mir Rabier völlig aus dem Sinn gekommen. Ich habe ihn vergessen.

Er muß wohl im Winter 1944-1945 erschossen worden sein. Ich weiß nicht, wo das geschehen ist. Man hat mir gesagt: sicherlich im Gefängnishof von Fresnes, wie üblich.

Mit dem Sommer kam die deutsche Niederlage. Sie war total. Sie erstreckte sich auf ganz Europa. Der Sommer kam mit seinen Toten, seinen Überlebenden, seinem unvorstellstellbaren Schmerz, der von den deutschen Konzentrationslagern ausstrahlte.

Albert vom Capitales

Ter der Milizionär

Diese Texte hätten eigentlich im Anschluß an das Tagebuch Der Schmerz *kommen sollen, ich habe es jedoch vorgezogen, sie davon abzurücken, damit das Geräusch des Krieges nachläßt, sein Gedröhn.*

Thérèse, das bin ich. Die, die den Denunzianten foltert, das bin ich. Die, die gern mit Ter, dem Milizionär schlafen möchte, ebenfalls ich. Ich liefere euch die, die foltert, mit dem Rest der Texte aus. Lernt zu lesen: es sind heilige Texte.

Albert vom Capitales

Zwei Tage waren vergangen seit dem ersten Jeep, seit der Eroberung der Kommandantur an der Place de l'Opéra. Es war Sonntag.

Um fünf Uhr nachmittags war der Kellner einer Kneipe, die neben dem Gebäude lag, in dem sich die Gruppe Richelieu aufhielt, gelaufen gekommen: »Bei mir im Lokal ist ein Kerl, der mit der deutschen Polizei zusammengearbeitet hat. Er ist aus Noisy. Ich bin auch aus Noisy. Dort wissen es alle. Ihr könnt ihn noch kriegen. Aber ihr müßt schnell machen.«

D. hatte drei Kameraden delegiert. Die Nachricht machte die Runde.

Seit Jahren hatten wir davon gehört, in den ersten Tagen hatten wir geglaubt, überall welche zu sehen. Dieser hier wäre der erste, den wir vielleicht unzweifelhaft zu sehen bekämen. Wir hatten schließlich Zeit genug, uns Gewißheit zu verschaffen. Und zu sehen, wie ein Denunziant beschaffen war. Die Neugier war groß. Wir waren schon neugieriger auf das, was wir blind unter der Besatzung erlebt hatten, als auf das, was wir seit einer Woche, seit der Befreiung, an Außergewöhnlichem erlebten.

Die Männer waren in die Halle, die Bar, die Diele geströmt. Seit zwei Tagen kämpften sie nicht mehr, gab es für die Gruppe nichts mehr zu tun. Nur noch zu schlafen, zu essen, sich allmählich in die Haare zu kriegen wegen Waffen, Autos, Mädchen. Manche fuhren morgens mit dem Auto weg, immer weiter weg, um die noch mögliche Keilerei zu suchen, sie kamen nachts zurück.

Er war angekommen, eingerahmt von drei Kameraden. Man hatte ihn in die ›Bar‹ gebracht. So nannte man eine

Art Garderobe mit einer Theke, hinter der wir während des Aufstands die Lebensmittel verteilt hatten. Eine Stunde lang mußte er mitten in der Bar stehenbleiben. D. prüfte seine Papiere. Die Männer hingegen betrachteten ihn. Traten näher. Betrachteten ihn ganz genau. Beschimpften ihn. »Misthaufen. Drecksau. Schweinehund.«

Fünfzig Jahre alt. Er schielt ein wenig. Er trägt eine Brille. Er hat einen festen Kragen, eine Krawatte. Er ist fett, kurzgewachsen, er ist schlecht rasiert. Seine Haare sind grau. Er lächelt die ganze Zeit über, als ob es sich um einen Scherz handle.

In seinen Taschen findet sich ein Personalausweis, das Foto einer alten Frau, seiner Frau, sein eigenes Foto, achthundert Francs, ein Adreßbuch mit Adressen, die in den meisten Fällen unvollständig sind, Namen, Vornamen, Telefonnummern. D. fällt die Häufigkeit einer merkwürdigen Angabe auf, die eine immer vertrautere Bedeutung erhält, je weiter er mit der Lektüre des Notizbuches kommt. Er zeigt es Thérèse. Zu Anfang findet man ab und zu die vollständige Angabe: ALBERT VOM CAPITALES. Dann: ALBERT oder CAPITALES, allein. Am Ende des Adreßbuches, auf jeder Seite nur noch: CAP oder AL.

»Was hat das zu bedeuten, Albert vom Capitales«, fragt D.

Der Denunziant sieht D. an. Er sieht aus, als suche er. Er sieht aus wie jemand, der nach bestem Wissen und Gewissen sucht und dem es aufrichtig leid tut, daß er nicht findet, der gern finden möchte, der mit aller Gewissenhaftigkeit sucht.

»Albert vom was?« fragt der Denunziant.

»Albert vom Capitales.«

»Albert vom Capitales?«

»Ja, Albert vom Capitales«, sagt D.

D. hat das Notizbuch auf die Theke gelegt. Er geht mit leeren Händen auf den Denunzianten zu. Es fixiert ihn, ruhig. Thérèse nimmt das Adreßbuch, blättert es rasch durch. Am elften August zum letzten Mal: AL. Und heute ist der siebenundzwanzigste. Sie legt das Notizbuch wieder hin und fixiert nun ebenfalls den Denunzianten. Die Kameraden sind verstummt. D. steht vor dem Denunzianten.

»Erinnerst du dich nicht?« fragt D.

Er geht noch etwas näher auf den Denunzianten zu.

Der Denunziant weicht zurück. Seine Augen werden trüb.

»Ach ja!« sagt der Denunziant, »bin ich blöd! Das ist Albert, der Kellner aus dem Capitales, einer Kneipe in der Nähe der Gar de l'Est . . . Ich wohnte in Noisy-le-Sec, da kommt es natürlich vor, daß ich im Capitales mal einen trinke, wenn ich vom Zug komme . . .«

D. geht wieder zur Theke zurück. Er schickt einen Kerl los, um den Kellner aus der Nachbarkneipe zu holen. Der Kerl kommt zurück. Der Kellner ist bereits nach Hause gegangen. Die ganze Kneipe weiß Bescheid. Aber er hat nichts Genaues erzählt.

»Wie sieht dieser Albert aus?« fragt D. den Denunzianten.

»Es ist ein kleiner Blonder. Sehr nett«, sagt der Denunziant lächelnd, konziliant.

D. wendet sich an die Kameraden, die am Eingang der Bar stehen.

»Nehmt den 302 und fahrt sofort los«, sagt D.

Der Denunziant sieht D. an. Er hört auf zu lächeln.

Zuerst sieht er ganz verstört aus, dann faßt er sich wieder.

»Nein, Monsieur, Sie irren sich . . . Sie täuschen sich, Monsieur . . .«

Im Hintergrund: »Schweinehund. Misthaufen. Du wirst bald nichts mehr zu lachen haben. Schweinehund. Du kriegst eins in die Fresse. Drecksau.«

D. durchsucht ihn weiter. Ein halbleeres Päckchen Gauloises, ein Stück Kreide, ein neuer Druckbleistift. Ein Schlüssel. Drei Mann sind weggegangen. Man hört, wie der 302 wegfährt.

»Sie irren sich, Monsieur . . .«

D. durchsucht ihn. Der Denunziant schwitzt. Er scheint sich nur an D. wenden zu wollen, wahrscheinlich, weil D. höflich wirkt, ihn nicht beleidigt. Er drückt sich korrekt, gewählt aus. Das ist ganz deutlich. Er versucht, sich auf die Seite von D. zu schlagen, sich von den anderen Kameraden durch sein Benehmen zu unterscheiden, er sucht irgendwie nach einer Komplizenschaft, er kreist den möglichen Klassenbruder ein.

»Da liegt ein Irrtum in der Person vor. Ich mache keinen Spaß, Monsieur, glauben Sie mir, mir ist wirklich nicht nach Spaß zumute.«

In seinen Taschen ist nicht mehr. Alles, was man gefunden hat, liegt auf der Theke.

»Sperrt ihn in den Raum neben der Buchhaltung«, sagt D.

Zwei Kameraden nähern sich dem Denunzianten. Der Denunziant fleht D. mit Blicken an: »Monsieur, ich versichere Ihnen, ich bitte Sie inständigst . . .«

D. setzt sich wieder, nimmt wieder das Notizbuch zur Hand und betrachtet es.

»Los, komm schon«, sagt einer der Kameraden, »und hab dich nicht so . . .«

Der Denunziant geht mit den beiden Kameraden hinaus. Einer der Kameraden pfeift im hinteren Teil der Bar eine vergnügte, heitere Melodie. Die meisten verlassen die Bar und stellen sich in den Eingang, um auf den 302 zu warten. D. bleibt mit Thérèse allein in der Bar.

Von Zeit zu Zeit bricht in der Ferne eine Maschinengewehrsalve los. Wir haben uns angewöhnt, die Richtung zu bestimmen: das kommt von der Bibliothèque Nationale, von der Ecke des Boulevard des Italiens. Die Kameraden sprechen von den Denunzianten und dem Schicksal, das sie erwartet. Wenn sich das Geräusch eines Autos nähert, schweigen sie und gehen hinaus. Nein, es ist nicht der 302. Einer von ihnen pfeift, es ist immer derselbe, immer die gleiche vergnügte, heitere Melodie.

Vom Boulevard des Italiens kommt ein dumpfes Geräusch herüber, ein kontinuierliches Stampfen von Motoren, von Bravorufen, von Liedern, von Frauengeschrei, von Männergeschrei, alles vermischt sich, fließt unauflöslich ineiander. Seit zwei Tagen und zwei Nächten ein breiter Honigstrom.

»Die Hauptsache«, sagt Thérèse zu D., »ist herauszufinden, ob dieser Kerl wirklich ein Denunziant ist. Mit diesem Albert vom Capitales werden wir Zeit verlieren, dann wird die Polizei antanzen, und dann werden wir die Gelackmeierten sein, denn die werden nichts aus ihm herausholen, kein Geständnis, und sie werden ihn freilassen. Oder aber sie werden sagen, daß er nützlich sein kann.«

D. sagt, daß man Geduld haben müsse.

Thérèse sagt, daß man keine Geduld mehr haben dürfe, daß man sie lange genug gehabt habe.

D. sagt, daß man nie die Geduld verlieren dürfe, daß man mehr Geduld denn je haben müsse.

D. sagt, daß es, ausgehend von Albert vom Capitales, gelingen werde, die Kette Glied für Glied aufzubrechen. Er sagt, daß der Denunziant unbedeutend sei, ein armer Teufel, pro Stück, pro Kopf bezahlt. Daß die, derer man habhaft werden müsse, die Verantwortlichen seien, die in den Büros das Hinrichtungsurteil von Hunderten von Juden, von Widerstandskämpfern unterzeichneten. Und das für fünfzigtausend Francs im Monat. Genau die mußte man, D. zufolge, kriegen.

Thérèse hört zerstreut zu. Sie schaut auf die Uhr.

Vor acht Tagen war Roger, der andere Gruppenführer, eines Abends in die Kantine zurückgekommen und hatte gemeldet, daß sie sieben deutsche Gefangene gemacht hatten. Er hatte erzählt wie. Er hatte gesagt, daß sie sie auf frisches Stroh gesetzt und daß sie ihnen Bier gegeben hätten. Thérèse war vom Tisch aufgestanden und hatte Roger beschimpft. Sie behauptete, wenn es nach ihr ginge, sollte man alle deutschen Kriegsgefangenen töten. Roger hatte gelacht. Alle hatten gelacht. Alle waren der Meinung Rogers: man durfte die deutschen Kriegsgefangenen nicht mißhandeln, sie waren Soldaten, die im Kampf gefangengenommen worden waren. Thérèse war aus der Kantine gegangen. Alle hatten gelacht, aber seitdem hielt man sie etwas abseits. Außer D.

Es ist das erste Mal, daß sie seit dem Abend neulich mit D. allein ist. D. tut mal ausnahmsweise nichts. Er wartet auf den 302. Er starrt auf die Eingangstür, er wartet auf Albert vom Capitales. Thérèse sitzt ihm gegenüber.

»Glaubst du, daß ich neulich abends unrecht hatte?« fragt Thérèse.

»Wann?«

»Wegen der deutschen Kriegsgefangenen.«

»Natürlich hattest du unrecht. Die andern auch, sie hatten unrecht, daß sie dir deswegen böse waren.«

D. hält Thérèse sein Zigarettenpäckchen hin.

»Da . . .«

Sie zünden ihre Zigaretten an.

»Willst du ihn verhören?« fragt D.

»Wie du willst. Mir ist das wurscht«, sagt Thérèse . . .

»Natürlich«, sagt D.

Das Auto. Die drei Kameraden steigen aus, allein. D. geht hinaus.

»Na?«

»Denkste, bereits vor vierzehn Tagen getürmt. In Urlaub, sagen sie . . .«

»Scheiße!«

D. geht in die Kantine im ersten Stock. Thérèse folgt ihm. Die Männer beenden ihr Abendbrot. Thérèse hat nicht zu Abend gegessen, D. auch nicht.

»Man müßte sich um den Kerl kümmern«, sagt D.

Die Männer bleiben stehen und sehen Thérèse und D. an. Thérèse wird den Denunzianten verhören, das ist ganz klar. Dagegen ist nichts zu sagen.

Thérèse steht hinter D., sie ist etwas blaß. Sie sieht böse aus, sie ist allein. Seit der Befreiung sieht man das immer mehr. Seit sie im Auffanglager ist, hat man sie nie am Arm von irgend jemand gesehen. Während des Aufstandes hat sie sich verausgabt ohne hinzusehen, nicht ohne Freundlichkeit, aber ohne Zärtlichkeit. Sie war zerstreut, allein. Sie wartet auf einen Mann, der vielleicht erschossen worden ist. An diesem Abend sieht man es ganz besonders.

Zehn von den Kameraden stehen auf und gehen zu D. und Thérèse. Sie haben alle gute Gründe, sich um den Denunzianten zu kümmern, sogar jene, die neulich abends am meisten gelacht haben. D. sucht zwei aus, die in Montluc gewesen sind und die dort ihre Abreibung bekommen haben. Dagegen läßt sich nichts sagen. Niemand protestiert, aber es setzt sich auch niemand wieder hin. Sie warten.

»Ich esse noch etwas«, sagt D., »ich komme sofort nach. Hast du verstanden, Thérèse? Vor allem die Adresse von Albert vom Capitales oder auch von jenen, mit denen er am häufigsten zusammenkam. Wir müssen das Netz und die Mittelspersonen bekommen.«

Thérèse und die beiden aus Montluc, Albert und Lucien, verlassen die Kantine. Die andern folgen ihnen automatisch, keiner konnte sich entschließen, sich wieder hinzusetzen. Strom gibt es nur in dem Teil des Hauses, der von den Motoren der Druckerei gespeist wird. Das ist zu weit und bestimmt auch besetzt. Sie müssen in die Bar, um eine Sturmlaterne zu holen. Thérèse geht mit den beiden aus Montluc hinunter. Die andern gehen ebenfalls hinunter, in der Gruppe, immer etwas hinter ihnen. Nachdem sie die Lampe geholt haben, gehen sie die zweite Treppe hinauf, die zur Buchhaltung führt, bis sie in einen leeren Flur kommen. Dort ist es. Einer der Kameraden aus Montluc öffnet mit dem Schlüssel, den D. ihm gegeben hat. Thérèse geht als erste hinein. Die beiden aus Montluc treten nach ihr ein und schließen hinter sich ab. Die andern sind im Flur geblieben. Im Augenblick versuchen sie nicht hereinzukommen.

Auf einem Stuhl am Tisch sitzt der Denunziant. Er hatte wohl den Kopf auf die Arme gelegt und richtet sich nun auf, als er das Geräusch im Schlüsselloch hört. Er dreht sich halb um, um die Leute anzusehen, die hereinkommen. Er blinzelt mit den Augen, geblendet vom Schein der Sturmlaterne. Lucien stellt sie mitten auf den Tisch, auf ihn, den Mann, gerichtet.

Der Raum ist fast leer, nur mit zwei Stühlen und einem Tisch ausgestattet. Thérèse nimmt den zweiten Stuhl und setzt sich auf die andere Seite des Tisches hinter der Lampe. Der Denunziant sitzt weiterhin im Licht. Die Kameraden stehen im Halbdunkel hinter ihm und rahmen ihn ein.

»Zieh dich aus, und zwar schnell«, sagt Albert, »wir haben keine Zeit mit dir zu verlieren.«

Albert ist noch zu jung, um nicht ein bißchen den harten Mann zu spielen.

Der Denunziant steht auf. Er sieht aus wie jemand, der gerade wach wird. Er zieht seine Jacke aus. Sein Gesicht ist leichenblaß, er ist sehr kurzsichtig, sicherlich sieht er trotz seiner Brille so gut wie nichts. Seine Bewegungen sind sehr langsam. Thérèse findet, daß der Kamerad den falschen Ton anschlägt. Im Gegensatz zu dem, was er sagt, haben sie Zeit in Hülle und Fülle.

Er legt seine Jacke auf den Stuhl. Die Kameraden warten immer noch rechts und links von ihm. Sie schweigen, der Denunziant ebenfalls, Thérèse ebenfalls. Hinter der geschlossenen Tür Geflüster. Er braucht lange, um seine Jacke auf den Stuhl zu legen, er tut es sorgfältig. Langsam gehorcht er. Es bleibt ihm auch gar nichts anderes übrig.

Thérèse fragt sich, ob es wirklich notwendig ist, daß er

sich auszieht. Jetzt, wo er da ist, ist es nicht mehr so dringend. Nichts, sie spürt nichts mehr, weder Haß noch Ungeduld. Nichts. Das einzige ist, daß es lang dauert. Die Zeit steht still, während er sich auszieht.

Sie weiß nicht, warum sie nicht hinausgeht. Ihr kommt der Gedanke hinauszugehen, und sie geht nicht hinaus. Doch jetzt ist es unvermeidlich. Man mußte sehr weit zurückgehen, um herauszufinden, warum gerade sie, Thérèse, sich mit diesem Denunzianten beschäftigt. D. hat ihn ihr gegeben. Sie hat ihn genommen. Sie hat ihn. Dieser seltene Mensch, sie hat kein Verlangen mehr nach diesem seltenen Menschen. Sie möchte schlafen. Sie sagt sich: »Ich schlafe.« Er zieht seine Hose aus und legt sie auf die Jacke, mit der gleichen Sorgfalt. Seine Unterhose ist zerknittert, grau. »Man muß halt irgendwo sein und irgend etwas tun«, sagt sich Thérèse. Jetzt bin ich hier, in einem dunklen Raum, eingeschlossen mit Albert und Lucien, den beiden aus Montluc, und diesem Denunzianten von Juden und Widerstandskämpfern. Ich bin im Kino. Sie ist im Kino. Einmal ging sie am Seinequai entlang, es war um zwei Uhr nachmittags, an einem Sommertag, und jemand hat sie umarmt und geküßt und zu ihr gesagt, er liebe sie. Sie war dort, sie weiß es noch. Alles hat einen Namen: es war an dem Tag, an dem sie beschloß, mit einem Mann zusammenzuleben. Was ist es heute? Was wird es sein? Bald wird sie in der Rue Réaumur sein, in der Zeitung, um ihrem Beruf nachzugehen. Man glaubt, dies seien außergewöhnliche Dinge. Es ist wie alles andere. Wie alles andere, es passiert einem. Hinterher ist es einem dann passiert. Es könnte jedem anderen auch passieren.

Thérèse hat die Ellbogen auf den Tisch gestützt und schaut. Er zieht seine Schuhe aus. Die Kameraden schauen zu. Lucien ist der Ältere, er ist fünfundzwanzig. Er ist Tankstellenbesitzer in Levallois. Im Auffanglager ist er nicht sehr beliebt. Er hat sich zwar erfolgreich geschlagen, aber wenn er erzählte, trug er etwas dick auf. Ein Schwätzer. Der andere ist Albert, er ist Hilfsarbeiter in einer Druckerei, achtzehn Jahre alt, Fürsorgezögling, einer der mutigsten beim Kampf. Er stiehlt alle Waffen, die er findet. Er hat D.s Revolver gestohlen. Er ist klein, kurzgewachsen. Ein Junge, der schlecht zu essen bekam, der zu jung schon arbeiten mußte, 1940 war er vierzehn Jahre alt. D. ist ihm nicht böse, daß er ihm seinen Revolver gestohlen hat, er sagt, daß das normal sei, daß man die Waffen am besten solchen Leuten überlasse. Thérèse sieht Albert an. Im Grunde ist Albert ein merkwürdiger Bursche. Wenn es um die Deutschen ging, war er der schlimmste, er sagte nicht alles, was er mit ihnen machte. An einem Tag in der letzten Woche hat er einen deutschen Panzer auf der Place du Palais-Royal mit einer Benzinflasche in Brand gesteckt. Die Flasche zerschellte auf dem Schädel des Deutschen, der bei lebendigem Leib verbrannte. Die Socken des Denunzianten haben Löcher, ein dicker Zeh mit einem schwarzen Nagel sieht hervor. Er hat Socken wie einer, der schon mehrere Tage nicht mehr zu Hause war und viel gelaufen ist. Er ist wohl seit Tagen mit einer Heidenangst im Arsch herumgelaufen, und dann ist er wieder in die Kneipe zurückgekehrt, das geschieht zwangsläufig, man kehrt in die Kneipe zurück, wo man bekannt ist. Und dann sind wir gekommen. Er saß in der »Falle«.

Sie hießen ihn sogar seine Socken ausziehen, wie sie es wahrscheinlich in Montluc ebenfalls tun mußten. Das ist ein wenig dumm, denkt Thérèse, sie sind ein wenig dumm, die Kumpels. Dumm, aber sie haben nichts gesagt in Montluc, kein Wort. D. hat es von anderen Kameraden erfahren, deshalb hat er sie heute abend benannt. Es sind jetzt schon zehn Tage, länger, zehn Tage und zehn Nächte, daß Thérèse mit ihnen lebt, daß sie ihnen Wein gibt, Zigaretten, Benzinflaschen. Manchmal hatten sie in Ihrer Erschöpfung miteinander gesprochen, vom Kampf, von den Deutschen in den Panzern, von ihrer Familie, von den Kumpels. Wenn sie nicht heimkamen, wartete man auf sie, konnte nicht schlafen. Letzten Montag hatten sie die ganze Nacht auf Albert gewartet.

Der Denunziant zieht seine Socken aus, immer noch die Socken, die ihm an den Füßen kleben. Es dauert lange.

»Etwas schneller«, sagt Albert schließlich.

Bis dahin war Thérèse die etwas piepsige, gefühllose Stimme Alberts noch nicht aufgefallen. Sie fragt sich, warum sie neulich nachts so sehr auf ihn gewartet hatte. Während des Kampfes wartete jeder auf jeden in der gleichen Weise. Man hütete sich davor, jemandem den Vorzug zu geben. Jetzt wird man wieder damit anfangen. Man wird wieder damit anfangen, man wird jemanden vorziehen. Nun nimmt er die Krawatte ab. Wirklich, die Krawatte. Es gibt anscheinend zwei Arten, sie abzunehmen. Man hält den Hals schief, man zieht an einem Ende, ohne den Knoten zu lösen. Der Denunziant nimmt die Krawatte ab wie die andern.

Der Denunziant hat eine Krawatte. Er hatte sie noch vor drei Monaten. Vor einer Stunde. Eine Krawatte. Und Zigaretten. Und einen Aperitif gegen fünf Uhr nachmittags. Es gibt Unterschiede zwischen den Menschen. Thérèse betrachtet den Denunzianten. Es ist selten, daß sie so offensichtlich sind wie heute abend, es ist schwindelerregend. Dieser hier ging in die Rue des Saussaies, er stieg eine Treppe hinauf, er klopfte an eine bestimmte Tür, dann sagte er, daß er die Personenbeschreibung habe: groß, dunkelhaarig, sechsundzwanzig Jahre alt, die Adresse, die Uhrzeit. MAN HÄNDIGTE IHM EINEN UMSCHLAG AUS. ER SAGTE MERCI MONSIEUR, DANN GING ER INS CAFÉ LES CAPITALES EINEN APERITIF TRINKEN!

Thérèse sagt: »Man hat dir gesagt, daß du dich beeilen sollst.« Der Denunziant hebt den Kopf. Dann mit einer Verzögerung, mit einer leisen Stimme, die kindlich klingen soll:

»Ich beeile mich, so gut ich kann, glauben Sie mir ... Aber warum ...«

Er unterbricht sich selber. Er betrat das Gebäude in der Rue des Saussaies. Ohne je zu warten. Die Innenseite seines Kragens ist schmutzig. Er hat nie warten müssen, nie. Oder wenn, dann bat man ihn, sich zu setzen, wie bei Freunden. Sein Hemd ist schmutzig unter dem weißen Kragen. Ein Denunziant. Die beiden Burschen reißen ihm die Unterhose herunter; er stolpert und fällt in die Ecke des Raums wie ein großes Paket, mit einem dumpfen Geräusch.

Roger spricht fast nicht mehr mit ihr, seitdem sie sich wegen der deutschen Kriegsgefangenen angeschrien haben. Es gibt noch andere. Es gibt nicht nur Roger.

In der Ferne die letzten Schützen auf den Dächern. Es ist vorbei. Der Krieg ist aus Paris ausgezogen. Überall, in den Torwegen, auf den Straßen, in den vollen Hotelzimmern der Jubel. Überall kleine Mädchen wie sie, mit diesen Soldaten, die hier gelandet sind. Überall viele andere, für die es vorbei ist, die müßige Trauer. Aber für sie ist es nicht vorbei. Weder die Freude noch die sanfte Trauer des Endes sind möglich. Ihre Rolle ist es, hier zu sein, allein mit diesem Denunzianten und den beiden aus Montluc, eingeschlossen mit ihnen in diesem geschlossenen Raum.

Jetzt ist er nackt. Es ist das erste Mal in ihrem Leben, daß sie mit einem nackten Mann zusammen ist, ohne daß es wegen der Liebe ist. Er steht da, auf den Stuhl gestützt, die Augen niedergeschlagen. Er wartet. Es gibt andere, die einverstanden wären, da sind zunächst einmal diese beiden da, die beiden Kameraden, dann sicherlich noch andere, die gewartet haben und die noch nichts bekommen haben und die immer noch warten und die mit der Freiheit nichts anzufangen wissen, weil sie immer noch warten.

Jetzt liegen seine Sachen auf dem Stuhl. Er zittert. Er zittert. Er hat Angst. Angst vor uns. Vor uns, die Angst hatten. Vor denen, die Angst gehabt hatten, hatte er große Angst.

Jetzt ist er nackt.

»Deine Brille!« sagt Albert.

Er nimmt sie ab und legt sie auf seine Sachen. Er hat alte, welke Hoden, in Tischhöhe. Er ist fett und rosig im Schein der Sturmlaterne. Er hat einen Geruch, den Geruch schlecht gewaschenen Fleisches. Die beiden Jungens warten.

»Es waren dreihundert Francs für einen Kriegsgefangenen, stimmt das?«

Der Denunziant stöhnt zum ersten Mal.

»Und für einen Juden, wieviel?«

»Aber ich sage Ihnen doch, daß Sie sich irren . . .«

»Was wir wollen«, sagt Thérèse, »ist, daß du uns zunächst einmal sagst, wo sich Albert vom Capitales befindet, und dann, was du mit ihm gemacht hast, wen du mit ihm aufgesucht hast.«

Er flennt ohne Tränen.

»Aber ich sage Ihnen doch, daß ich ihn nicht näher kannte.«

Die Tür des Raums geht auf. Alle andern kommen schweigend herein. Die Frauen stellen sich in den Vordergrund. Die Männer dahinter. Es geniert Thérèse wohl etwas, daß sie in flagranti dabei ertappt wird, wie sie den nackten alten Mann betrachtet. Doch sie kann sie nicht bitten, hinauszugehen; dazu gibt es keinen Grund; sie könnten genausogut an ihrer Stelle sein. Sie befindet sich hinter der Sturmlaterne. Man sieht ihre kurzen, schwarzen Haare, die Hälfte ihrer weißen Stirn. Sie hat sich wieder hingesetzt.

»Los«, sagt Thérèse, »er muß uns zuerst einmal sagen, wie wir den andern finden können, Albert vom Capitales.«

Ihre Stimme ist unsicher, ein wenig zittrig.

Eine der vier Arme hat den ersten Schlag getan. Er dröhnt seltsam. Der zweite Schlag. Der Denunziant versucht auszuweichen. Er brüllt: »Au! Au! Ihr tut mir weh!« Hinter ihm lacht jemand und sagt: »Stell dir vor, es ist nicht aus Versehen . . .«

Man sieht ihn deutlich im Licht der Sturmlaterne. Die Jungens schlagen hart zu. Sie schlagen auf die Brust, mit den Fäusten, langsam, kräftig. Während sie schlagen, schweigt man im Hintergrund. Sie hören auf zu schlagen und schauen wieder zu Thérèse.

»Verstehst du jetzt besser? . . . Das ist nur ein Anfang«, sagt Lucien.

Er reibt sich die Brust und stöhnt leise.

»Anschließend mußt du uns sagen, wie du bei der Gestapo reingekommen bist.«

Ihre Stimme ist abgehackt, aber wieder fest. Jetzt ist der Anfang gemacht, die Sache läuft, die Jungens haben gut zugeschlagen. Es ist ernst, das ist wahr: man foltert einen Menschen. Man kann nicht einverstanden sein damit, aber man kann sich weder darüber lustig machen noch daran zweifeln, noch deswegen bedrückt sein.

»Na?«

»Nun . . . wie alle«, sagt der Denunziant.

Die Gruppe, die gespannt hinter ihm wartet, entspannt sich: »Ah . . .«

Er flennt: »Na ja . . . Sie haben keine Ahnung . . .« Er schweigt. Er reibt sich mit den beiden flachen Händen die Brust. Er hat gesagt: »Wie alle.«

Er hat gesagt: »Wie alle«, er glaubt, sie hätten keine Ahnung. Er hat nicht gesagt, daß er nicht hineinging. Man hört die im Hintergrund murmeln: »Er ging hinein. Er sagt, daß er hineinging.« BEI DER GESTAPO. IN DER RUE DES SAUSSAIES. Auf seiner Brust erscheinen breite, violette Flecken.

»Du sagst wie alle? Gingen alle bei der Gestapo ein und aus?« Im Hintergrund: »Schweinehund, Schweinehund, Schweinehund.« Das macht die Runde. Er hat Angst. Er richtet sich wieder auf und versucht zu sehen, von wem das kommt. Es sind viele Leute da, er kann niemanden ausmachen. Auch er muß wohl glauben, er sei im Kino. Er zögert, dann faßt er sich wieder.

»Man mußte seinen Personalausweis zeigen, man ließ ihn unten, und wenn man dann runterkam, bekam man ihn wieder . . .« Hinter uns fängt es wieder an: »Misthaufen, Schweinehund, Drecksau.«

»Ich ging hin wegen Schwarzmarktgeschäften, ich glaubte, nichts Böses zu tun. Ich bin immer ein guter Patriot gewesen, wie Sie. Ich verkaufte ihnen irgendwelchen Plunder. Jetzt . . . es war vielleicht ein Fehler, ich weiß nicht . . .«

Sein Ton ist immer noch weinerlich, kindlich. Das Blut beginnt zu fließen. Die Haut auf seiner Brust ist aufgeplatzt. Er scheint nicht darauf zu achten. Er hat Angst.

Als er von Schwarzmarkt gesprochen hat, gab es im Hintergrund ein neues Gemurmel: »Schweinehund, alte Sau, Misthaufen.« Roger ist hereingekommen. Er steht in dem hinteren Haufen. Thérèse hat seine Stimme erkannt. Auch er hat gesagt: »Schweinehund.«

»Haut drauf«, sagte Thérèse.

Sie schlagen nicht, wie's gerade kommt. Sie könnten vielleicht kein Verhör führen, aber sie können schlagen. Sie schlagen intelligent. Sie machen langsam, wenn man glauben kann, daß der andere etwas sagen will. Sie fangen genau dann wieder an, wenn man spürt, daß er sich wieder erholt.

»Was für eine Farbe hatte denn der Personalausweis, mit dem du bei der Gestapo reingekommen bist?«

Die beiden Jungs lächeln. Die dahinter ebenfalls. Selbst diejenigen, die die Farbe nicht kennen, finden, daß es eine raffinierte Frage ist. Sie haben stark zugeschlagen. Sein Auge ist ramponiert, das Blut fließt ihm übers Gesicht. Er weint. Blutiger Rotz kommt aus seiner Nase. Er wimmert: »Au, au, oh, oh«, unaufhörlich. Er antwortet nicht mehr. Die Brusthaut ist in Höhe der Rippen aufgesprungen. Er reibt sich immer noch mit den Händen und beschmiert sich mit Blut. Mit dem glasigen Blick eines kurzsichtigen Alten starrt er in die Sturmlaterne, ohne sie zu sehen. Sehr schnell ist es passiert. Es ist getan: ob er daran stirbt oder ob er davonkommt, das hängt nicht mehr von Thérèse ab. Es hat keine Bedeutung mehr. Er ist zu einem Menschen geworden, der nichts mehr mit den anderen Menschen gemein hat. Jede Minute wird der Unterschied größer, nistet sich ein.

»Man hat dich nach der Farbe deines Personalausweises gefragt.«

Albert kommt ganz dicht an seine Nase heran. Man hört:

»Vielleicht genügt es so . . .«

Es ist eine Frauenstimme, die aus dem Dunkel kommt. Die beiden Jungs hören auf. Sie drehen sich um und suchen die Frau. Auch Thérèse hat sich umgedreht.

»Es genügt?« sagt Lucien.

»Ein Denunziant?« sagt Albert.

»Das ist kein Grund«, sagt die Frau, ihre Stimme ist unsicher.

Es fängt wieder an.

»Zum letzten Mal«, sagt Thérèse, »wir haben dich nach der Farbe des Personalausweises gefragt, den du in der Rue des Saussaies vorgezeigt hast.«

Hinter uns: »Es geht wieder los . . . ich gehe.« Wieder eine Frau.

»Ich auch . . .«

Eine andere Frau. Thérèse dreht sich um. »Wer sich ekelt, braucht nicht zu bleiben.«

Man hört die Frauen undeutlich protestieren, aber sie gehen nicht hinaus.

»Es reicht!«

Es ist ein Mann, der hinten steht.

Sie hören auf zu tuscheln. Von Thérèse sieht man nach

wie vor nur die weiße Stirn und manchmal, wenn sie sich vorbeugt, die Augen.

Jetzt ist es nicht mehr dasselbe. Der Block der Kameraden hat sich gespalten. Etwas Endgültiges findet statt. Von neuem. Im Einklang mit manchen, im Mißklang mit anderen. Die einen folgen aus immer größerer Nähe. Die andern werden Fremde. Man hat gar keine Zeit zu unterscheiden: die Frauen halten zum Denunzianten, der Denunziant hält sich an alle die, die nicht einverstanden sind. Die Lust zu schlagen wächst mit der Anzahl der Feinde, der Fremden.

»Los, schnell, die Farbe!«

Die beiden Jungs fangen wieder an zu schlagen. Sie schlagen auf die bereits geschlagenen Stellen. Der Denunziant schreit. Wenn sie prügeln, erstickt sein Klageschrei und wird zu einer Art öbszönem Röcheln. Ein Geräusch, bei dem man Lust hat, noch stärker zuzuschlagen, damit es aufhört. Er versucht, den Schlägen auszuweichen, aber er sieht sie nicht kommen. Er steckt sie alle ein.

»Nun ja . . . wie alle Personalausweise . . .«

»Haut drauf.«

Sie schlagen immer fester. Macht nichts. Sie sind unermüdlich. Sie schlagen immer besser, immer ruhiger. Je mehr sie schlagen, je mehr er blutet, um so klarer ist es, daß man schlagen muß, daß es wahr ist, daß es gerecht ist. Die Bilder steigen unter den Schlägen auf. Thérèse ist durchsichtig, verzaubert von Bildern. Ein Mann, der an der Wand steht, fällt. Noch einer. Und noch einer. Unentwegt fallen welche. Die fünfhundert Francs dienten ihm dazu, sich Kleinigkeiten zu kaufen, für sich selbst. Er war bestimmt nicht einmal Antikommunist, nicht einmal Kollaborateur, nicht einmal Antisemit. Nein, er ›denunzierte‹

nur, ohne zu wissen, ohne zu leiden, vielleicht einfach nur, um sich kleine Luxusdinge eines Einzelgängers leisten zu können, um sein Monatsgehalt aufzubessern, ohne wirkliche Not. Er lügt immer noch. Er muß Bescheid wissen, muß wissen, was er nicht sagen will, nur noch das wissen. Wenn er gestehen würde, wenn er sich nicht mehr wehren würde, wäre der Unterschied zwischen ihm und den andern nicht so radikal. Aber er beißt die Zähne zusammen, solange er kann.

»Haut drauf.«

Und sie hauen drauf. Es ist wie eine Maschine, die gut läuft. Doch woher kommt sie bei den Menschen, diese Möglichkeit zu schlagen, sich daran zu gewöhnen, es wie eine Arbeit zu tun, wie eine Pflicht?

»Ich flehe Sie an! Ich flehe Sie an! Ich bin kein Schweinehund!« brüllt der Denunziant.

Er hat Angst zu sterben. Nicht genug. Er lügt immer noch. Er will leben. Sogar die Läuse klammern sich ans Leben. Thérèse steht auf. Sie ist angsterfüllt, sie hat Angst, daß es nie genug ist. Was könnte man ihm antun? Was könnte man erfinden? Der Mann an der Wand, der erschossen wird, hat auch nicht gesprochen, was für ein anderes Schweigen, und an der Wand war sein Leben eine Sekunde lang auf dieses tödliche Schweigen zusammengeschrumpft. An der Wand dieses Schweigen – der da muß reden – dieser Denunziant hier. Mein Gott, es wird nie genug sein. Da gibt es alle jene, denen es wurscht ist, die Frauen, die gerade hinausgegangen sind, und alle Drückeberger, die jetzt spötteln: »Das ist doch zum Lachen, euer Aufstand, eure Säuberung.« Man muß schlagen. Es wird nie wieder Gerechtigkeit auf der Welt geben, wenn man in diesem Augenblick nicht selber die Gerechtigkeit und die Justiz ist. Die Komödie. Die Richter. Die getäfelten Gerichtssäle. Nicht die Justiz. Sie haben in den vergitterten Gefängniswagen, die durch die Straßen fuhren, die *Internationale* gesungen, und die Bürger sahen hinter ihren Fenstern zu und haben gesagt: »Das sind Terroristen.« Man muß schlagen. Vernichten. Die Lüge in Stücke zerschlagen und verjagen. Dieses gemeine Schweigen. Mit Licht überschwemmen. Die Wahrheit herausziehen, die dieser Schweinehund in der Kehle hat. Die Wahrheit, die Gerechtigkeit. Wozu? Um ihn zu töten? Wem nützt das? Es ist nicht seinetwegen. Das geht ihn nichts an. Es geht nur darum, Bescheid zu wissen. Draufhauen, bis er seine Wahrheit ausspritzt, seine Scham, seine Angst, das Geheimnis dessen, was ihn gestern allmächtig, unangreifbar, unberührbar machte.

Jeder Faustschlag dröhnt in dem stillen Raum. Man schlägt auf alle Schweinehunde, auf die Frauen, die hinausgegangen sind, auf alle Angewiderten hinter den Fensterläden. Der Denunziant schreit »aua, aua« in langen Klagelauten. Hinter dem Mann, im Dunkel, schweigt man, solange die Schläge fallen. Erst wenn sie seine Stimme hören, die protestiert, lodern die Beschimpfungen auf, die mit zusammengepreßten Zähnen und geballten Fäusten ausgesprochen werden. Keine Sätze. Immer die gleichen Beschimpfungen, die gleichen Beleidigungen, die herauskommen, wenn die Stimme des Denunzianten bezeugt, daß er immer noch standhält. Denn von der Macht des Denunzianten bleibt noch das, diese Stimme, um zu lügen. Er lügt immer noch. Er hat immer noch die Kraft dazu. Er ist noch nicht soweit, daß er nicht mehr lügt. Thérèse sieht auf die Fäuste, die herabfallen, sie hört den Gong der Schläge, sie spürt zum ersten Mal, daß es im Körper des Mannes dicke Schichten gibt, die zu durchstoßen fast unmöglich ist. Schichten um Schichten tiefer Wahrheiten, die schwer zu erreichen sind. Sie erinnert sich, daß ihr das während der rastlosen Verhöre des Paares irgendwie aufgefallen war. Aber nicht so stark. Jetzt ist es unglaublich ermüdend. Es ist fast unmöglich. Kärrnerarbeit. Schlag um Schlag. Man muß durchhalten, durchhalten. Und nachher wird dann, wird dann ganz klein, wird dann hart wie ein Korn die Wahrheit herauskommen. Die Arbeit geschieht weit fort, in dieser einsamen Brust. Sie schlagen in den Magen. Der Denunziant brüllt auf und hält seinen Magen mit beiden Händen, windet sich. Albert schlägt aus immer kürzerer Entfernung zu, versetzt ihm einen Schlag in die Geschlechtsteile. Er bedeckt sein Geschlecht mit beiden Händen und brüllt noch einmal auf. Er blutet stark im Gesicht. Er war schon vorher kein Mensch wie die andern. Er war ein Menschendenunziant. Er kümmerte sich nicht darum herauszufinden, aus welchen Gründen man ihn um Informationen bat. Selbst die, die ihn bezahlten, waren nicht seine Freunde. Aber jetzt kann man ihn mit nichts Lebendem mehr vergleichen. Selbst tot wird er keinem toten Menschen gleichen. Er wird den Vorraum versperren. Vielleicht ist es verlorene Zeit. Man müßte damit zu Ende kommen. Es lohnt nicht, ihn zu töten. Es lohnt aber auch nicht, ihn leben zu lassen. Er nützt zu gar nichts mehr. Er ist völlig außer Gebrauch. Und gerade, weil es sich nicht lohnt, ihn zu töten, kann man draufhauen.

»Genug.«

Thérèse steht auf und geht auf den Denunzianten zu, ihre Stimme klingt ein wenig schwach nach dem dumpfen

Gong der Fäuste. Man muß Schluß machen, ein Ende finden. Die Männer im Hintergrund lassen sie machen. Sie vertrauen ihr, geben ihr keinen Ratschlag. »Schweinehund, Schweinehund.« Die brüderliche Litanei der Beschimpfungen erfüllt sie mit Wärme. Schweigen im Hintergrund. Die beiden Kameraden sehen Thérèse aufmerksam an. Man wartet.

»Ein letztes Mal«, sagt Thérèse, »wir möchten wissen, welche Farbe dein Ausweis hatte, ein letztes Mal.«

Der Denunziant sieht sie an. Sie steht ganz nahe vor ihm. Er ist nicht groß. Sie ist ungefähr genauso groß wie er. Sie, schmal, jung. Sie hat gesagt: »Ein letztes Mal.« Er hört umgehend zu stöhnen auf.

»Was soll ich Ihnen sagen?«

Sie ist klein. Sie hat zu nichts Lust. Sie ist ruhig und spürt, wie ein ruhiger Zorn ihr diktiert, ganz ruhig die Worte der Notwendigkeit herauszuschreien, die mächtig ist wie ein Element. Sie ist die Justiz und die Gerechtigkeit, wie es sie seit hundertfünfzig Jahren auf diesem Boden nicht gegeben hat.

»Du sollst uns sagen, welche Farbe dieser Ausweis hatte, mit dem man dich bei der Gestapo hereinließ.«

Er flennt von neuem. Von seinem Körper steigt ein merkwürdiger Geruch empor, ekelerregend und süßlich, der Geruch von fetter, schlecht gewaschener Haut, vermischt mit dem des Blutes.

»Ich weiß nicht, ich weiß nicht, ich sage Ihnen, daß ich unschuldig bin . . .«

Die Beschimpfungen fangen wieder an: »Schweinehund, Misthaufen, Drecksau.« Thérèse setzt sich wieder. Ein Augenblick der Unterbrechung. Die Beschimpfungen gehen weiter. Thérèse schweigt. Zum ersten Mal sagt jemand im Hintergrund: »Man muß ihn eben liquidieren, Schluß mit ihm machen.«

Der Denunziant hebt den Kopf. Stille. Der Denunziant hat Angst. Auch er schweigt. Er macht den Mund auf. Er sieht sie an. Dann kommt ein dünner, kindlicher Klagelaut aus seiner Kehle.

»Wenn ich wenigstens wüßte, was Sie von mir wollen . . .«, sagt der Denunziant mit einer Stimme, von der er möchte, daß sie eine reine, inständige Bitte ist, und die doch wieder verschlagen und abgefeimt klingt.

Die beiden Jungens schwitzen. Mit ihren blutigen Fäusten wischen sie sich die Stirn. Sie sehen Thérèse an.

»Es ist noch nicht genug«, sagt Thérèse.

Die beiden Jungens drehen sich nach dem Denunzianten um, die Fäuste vorgestreckt. Thérèse steht auf und schreit: »Ihr dürft nicht mehr aufhören. Er wird es sagen.«

Eine Flut von Schlägen. Es ist das Ende. Im Hintergrund wieder Stille. Thérèse schreit: »War sie vielleicht rot, deine Ausweiskarte?«

Das Blut rinnt herab. Er brüllt aus Leibeskräften.

»Rot? Sag es, rot?«

Er macht ein Auge auf. Er hört auf zu brüllen. Er wird begreifen, daß dies das Ende ist.

»Rot?«

Die beiden Jungens holen ihn aus der Ecke heraus, in die er sich unaufhörlich flüchtet. Sie holen ihn heraus und stoßen ihn wieder hinein, wie sie es mit einem Ball tun würden.

»Rot?«

Er antwortet nicht. Man könnte meinen, daß er versucht, über seine Antwort nachzudenken.

»Haut zu, Jungens, fester, rot, schnell, rot?«

Sie haben auf die Nase geschlagen, ein Blutstrahl spritzte heraus. Ein Schrei des Denunzianten: »Nein . . .«

Die Jungens lachen. Thérèse lacht ebenfalls.

»Gelb? Wie unsere, gelb?«

Jetzt versucht er, sich in die Ecke zu flüchten. Jedesmal holen ihn die beiden Jungens heraus, und er fällt mit einem dumpfem Plumps wieder aufs Kreuz zurück.

»Gelb?«

Thérèse steht.

»Nein . . . nicht . . . gelb . . .«

Die Männer machen weiter. Er bekommt keine Luft mehr. Er schreit von neuem. Seine Schreie werden von den Schlägen zerhackt. Jetzt ist der Rhythmus der Fragen und der Schläge der gleiche, schwindelerregend, aber gleichmäßig. Er spricht immer noch nicht. Er scheint nichts mehr zu denken. Seine blutig unterlaufenen Augen sind weit geöffnet und starren immer noch in die Sturmlaterne.

»Wenn sie nicht gelb war, wie war sie dann . . .?«

Er schweigt immer noch. Dabei hat er verstanden, er sieht Thérèse an. Er hört auf zu brüllen. Seine Hände drücken auf seinen Bauch, er ist völlig zusammengekrümmt. Er versucht nicht mehr auszuweichen.

»Schnell«, sagt Thérèse, »was für eine Farbe? Schnell . . .«

Er fängt wieder an zu schreien. Seine Schreie sind leiser, dumpfer. Es geht dem Ende entgegen, doch man weiß nicht, welchem. Vielleicht wird er nicht mehr reden, aber auf jeden Fall geht es dem Ende entgegen.

»Sie war, sie war, schnell . . .«

Wie ein Kind.

Sie werfen ihn sich wie einen Ball zu und schlagen mit

den Fäusten, treten mit den Füßen. Sie sind schweißgebadet.

»Genug.«

Thérèse geht geduckt auf den Denunzianten zu. Der Denunziant sieht sie. Er weicht zurück. Von neuem Stille. Er leidet nicht einmal mehr. Es ist nur der Schrecken.

»Wenn du es sagst, lassen wir dich in Frieden, wenn du es nicht sagst, werden wir dich hier auf der Stelle abmurksen. Haut drauf.«

Der Denunziant weiß vielleicht nicht mehr, was man von ihm will. Doch er wird reden. Man hat den Eindruck. Man muß ihn daran erinnern, worum es geht. Er versucht den Kopf zu heben, wie ein Mensch, der ertrinkt, zu atmen versucht. Er wird reden. Das ist sicher. Es ist soweit. Nein. Es sind die Schläge, die ihn am Reden hindern. Doch wenn die Schläge aufhören, wird er nicht reden. Alle warten voller Spannung auf diese Entbindung, nicht nur Thérèse. Das Ende wird jetzt schnell kommen. So oder so. Er spricht immer noch nicht. Thérèse schreit.

»Ich werd' sie dir sagen, ich werd' sie dir sagen, die Farbe deiner Ausweiskarte . . .«

Sie hilft ihm. Sie hat wirklich den Eindruck, daß sie ihm helfen muß, daß es ihm allein nicht gelingen wird. Sie sagt noch einmal: »Ich werd' sie dir sagen.«

Der Denunziant beginnt zu brüllen. Ein kontinuierlicher Klagelaut wie der einer Sirene. Sie lassen ihm keine Zeit zu reden. Und der Klagelaut bricht ab: »Grün . . .«, brüllt der Denunziant.

Stille. Die Jungens hören auf. Der Denunziant schaut in die Sturmlaterne. Er stöhnt nicht mehr. Er sieht völlig verstört aus. Er ist auf den Boden gesackt. Er hat reden können. Er fragt sich vielleicht, wie er geredet hat. Im Hintergrund Stille. Thérèse setzt sich. Es ist vorbei.

»Ja«, sagt Thérèse, »sie war grün.«

Wie um etwas festzustellen, was man seit Jahrhunderten weiß. Es ist vorbei.

D. kommt zur Thérèse. Er bietet ihr eine Zigarette an. Sie raucht. Der Denunziant ist immer noch in seiner Ecke, versteinert.

»Zieh dich wieder an«, sagt Thérèse.

Aber er tut nichts dergleichen. Auch die beiden Jungens rauchen eine Zigarette. D. hat dem Denunzianten eine Zigarette hingehalten. Er sieht sie nicht.

»Die Ausweiskarten der Agenten des S. D., der deutschen Geheimpolizei, waren grün«, sagt Thérèse.

Die Kameraden im Hintergrund bewegen sich. Einige gehen hinaus.

»Und Albert vom Capitales«, sagt einer im Hintergrund.

Thérèse sieht D. an. Stimmt ja. Noch Albert vom Capitales.

»Man wird sehen«, sagt D. »Das wird man morgen sehen.«

Es scheint ihn nicht mehr zu interessieren. Er nimmt Thérèses Hand, er hilft ihr beim Aufstehen. Sie gehen hinaus. Albert und Lucien sind damit beschäftigt, den Denunzianten wieder anzuziehen.

In der Bar strahlt das helle Licht einer anderen Welt. Es ist die Elektrizität. Alle Frauen sind dort, es sind fünf, sowie die beiden Männer, die mit ihnen hinausgegangen sind.

»Er hat gestanden«, sagt Thérèse zu ihnen.

Niemand antwortet. Thérèse versteht. Es ist ihnen wurscht, daß er gestanden hat. Sie setzt sich und betrachtet sie. Es ist seltsam. Sie sind seit einer halben Stunde da. Was haben sie in dieser Bar gemacht? Worauf haben sie gewartet? Sie haben sich ins Licht geflüchtet.

»Er hat gestanden«, sagt Thérèse noch einmal.

Keine von den fünfen sieht sie an. Eine Frau steht auf, immer noch ohne sie anzusehen. »Was glaubst du wohl, was uns daran liegt?« sagt sie gleichgültig, »das ist doch dermaßen zum Kotzen . . .«

D., der neben Thérèse stand, geht auf die Frau zu: »Du wirst sie in Frieden lassen, ja?«

Roger und D. nehmen Thérèse unter den Arm. Die Frauen halten den Mund. Sie gehen hinaus. Die beiden Männer, die bei ihnen sind, gehen ebenfalls pfeifend hinaus.

»Und du wirst jetzt schlafen«, sagt D.

»Ja.«

Thérèse nimmt ein Glas Wein. Sie trinkt einen Schluck.

Sie spürt den Blick D.s auf sich. Der Wein ist bitter. Sie stellt das Glas wieder hin.

»Ihr müßt ihn gehen lassen«, sagt Thérèse. »Er kann gehen.«

Roger ist sich nicht sicher, ob man ihn gehen lassen soll.

»Ich will ihn nicht mehr sehen«, sagt Thérèse.

»Eine solche Beute«, sagt Roger, »werden sie nicht gern laufen lassen.«

»Ich werde es ihnen erklären«, sagt D.

Thérèse beginnt zu weinen.

Ter der Milizionär

Am Morgen hat D. gesagt: »Wir müssen Ter zu Beaupain bringen.«

Thérèse hat nicht gefragt warum. D. kümmert sich um viele Dinge: um die Verhaftungen, um die Gefangenen, um die Verpflegung der Kameraden, um die Beschlagnahmung von Räumen, um die Beschlagnahmung von Autos, um die Beschlagnahmung von Benzin, um die Verhöre. Das Auffanglager Richelieu ist überfüllt. Elf Milizionäre, darunter Ter, in der Buchhaltung. Dreißig Kollaborateure in der Halle, unten die Leute vom R.N.P.*, eine Deutsche, ein Gestapomann aus der Rue des Saussaies, ein Mädchen für alles und ihre Chefin, Schriftstellerin, ein russischer Oberst, Journalisten, ein Dichter, die Frau eines Rechtsanwalts, usw. Wahrscheinlich will D. Ter in die Rue de la Chaussée d'Antin bringen, wo sich die Gruppe Hernandez-Beaupain aufhält, um die Buchhaltung zu räumen.

Thérèse hat also D. und Ter zu Beaupain in die Rue de la Chaussée d'Antin gefahren. Es ist drei Uhr nachmittags. Bereits am Eingang des Gebäudes hören sie die Spanier schreien, wie jedesmal. Der Hof steht voller Fahrräder und Autos, die entweder beschlagnahmt oder den Deutschen abgenommen worden sind, heute steht ein neues da, ein grauer Lieferwagen.

Die Gruppe Hernandez-Beaupain befindet sich im Erdgeschoß eines Gebäudes, das auf zwei Innenhöfe geht, der erste ist durch den Flur des Gebäudes mit der Straße verbunden, der andere, ganz klein, geht auf andere Höfe, von denen er durch ein Gitter getrennt ist. Diese beiden

* Rassemblement National Populaire = Nationale Volksbewegung, pronazistische französische Partei.

Höfe stehen wiederum durch einen Gang miteinander in Verbindung, der quer durch das Erdgeschoß verläuft. Sobald man den ersten Hof erreicht, hört man die Spanier in dem riesengroßen, leeren Erdgeschoß schreien.

Beaupain steht am Eingang des Flurs. Beaupain ist ein großer Kerl, er hat lange Beine, lange Arme, einen kleinen Kopf, Riesenschultern. Er hat ein schönes Gesicht, Kinderaugen, blau und sanft. D. geht dicht an Beaupain vorbei und macht ihm ein Zeichen. Beaupain macht einen merkwürdigen Eindruck. Er sagt D. nicht guten Tag. Er sieht mal in Richtung zum Eingang, mal zum hinteren Teil des Flurs. Jetzt geschieht etwas ganz hinten im Flur.

Auf spanisch geschriene Worte fetzen hoch. Beaupain scheint sich nicht wohl zu fühlen in seiner Haut.

D., Ter und Thérèse bleiben am Eingang des Flurs in der Nähe von Beaupain stehen. Irgend etwas Ungewöhnliches geht vor. Im sonnenbeschienenen Hintergrund des kleinen Innenhofes steht eine Gruppe von Männern, vielleicht fünfzehn, die gestikulieren und laut auf spanisch reden. D., Ter und Thérèse gehen nicht weiter, sie warten und schauen zu, ebenso wie Beaupain. Die Männergruppe löst sich auf, die Männer treten auseinander, und nun kann man sehen, weswegen sie zu einem Block erstarrt waren. Die Sache kommt zum Vorschein. Weiß. Weiß und auf dem Boden ausgestreckt. Die Männer stellen sich auf beiden Seiten von ihr entlang des Flurs auf. Zwei von ihnen bemächtigen sich ihrer, heben sie auf und tragen sie weg.

D., Ter und Thérèse lassen Beaupain stehen und dringen etwas weiter in den Flur vor. Der Leichnam wird an ihnen vorbeigetragen. Der Flur ist still, die Spanier schweigen. Zwei Wildlederschuhe sehen aus dem Laken hervor, fast neue Schuhe, gut geschnürt über blauen Socken. Die Sache ist weich und schlaff und zittert bei jedem Schritt der Träger wie Brei. Der Bauch ist höher als die Füße, wegen der Hände, die man darauf gelegt hat. Unter dem Laken zeichnen sich die Form eines Kopfes und eine Nasenspitze ab.

D. geht auf die Gruppe der Spanier zu, die am Ende des Flurs stehengeblieben ist. Thérèse und Ter folgen D. D. packt einen der Spanier am Arm, fragt, wer das ist.

»Ein Schweinehund.«

Er geht hinaus zu der Gruppe der Spanier im Hof.

D., Thérèse und Ter gehen schnell wieder zurück zum Eingang des Flurs, der auf den großen Hof geht, alle Spanier laufen vor ihnen her. Die Träger haben den Leichnam auf die Treppenstufen gelegt. Der graue Lieferwagen, der im Hof stand, setzt zurück. Die beiden Türen des Lieferwagens stehen offen. Die beiden Männer schieben den Leichnam hinein. Die beiden wildlederbeschuhten Füße werden sichtbar, und man erblickt den Umschlag einer marineblauen Hose. Die beiden Männer schlagen die Türen des Lieferwagens zu, der sich sogleich in Gang setzt, durch den Flur hinausfährt und auf der Straße verschwindet.

Sofort fangen die Spanier wieder an zu schreien. Sie drängen in den Flur und kehren in die Wohnung zurück. D., Ter und Thérèse folgen den Spaniern. Beaupain ist in ihrer Gruppe. D. fragt noch einmal, wer das war. Die gleiche Antwort: »Ein Schweinehund.«

Das Zimmer der Spanier ist sehr groß, holzgetäfelt. Es ist vollkommen kahl. Kein Stuhl. Kein Bild. Nur in den vier Ecken aufeinandergestapelte Waffen, die ein Mann bewacht. Ein wunderschöner Kamin aus weißem Marmor mit einem zwei Meter hohen Spiegel. Es steht nichts auf dem Kamin, nicht der kleinste Gegenstand. Die Spanier schlafen und essen in diesem Raum. Alles, was sie außer den Waffen besitzen, ist in ihren Taschen. Der Raum ist also kahl und voller Männer, die ihre Wäsche seit vierzehn Tagen nicht mehr gewechselt haben. Sie sind leicht und geschmeidig, durch den Kampf bis zum Letzten ausgeplündert.

D. sucht Beaupain. Thérèse und Ter folgen ihm in den Raum, der an den der Spanier angrenzt, Gauthiers Büro und gleichzeitig der Raum der Franzosen. Außer Gauthiers Schreibtisch und Stuhl gibt es auch in diesem Raum keine Möbel. Beaupain ist da, er diskutiert mit Gauthier. Etwa zwanzig Männer, die an den Wänden sitzen, hören zu, was sie sagen. Von Zeit zu Zeit reißen sie das Maul auf und übertönen die Stimmen von Beaupain und Gauthier. Sie reißen das Maul auf, weil sie keinen Wein haben und weil sie nur belegte Brote mit Thunfisch zu essen bekommen. D. und Beaupain haben am ersten Tag des Aufstandes in einem deutschen Kriegsgefangenenlager tausend Dosen Thunfisch gefunden. Seitdem bekommen die achtzig Mann des Auffanglagers Richelieu und die sechzig Männer des Auffanglagers Antin nur noch Thunfisch zu essen. Seit siebzehn Tagen haben die Männer die Schnauze voll von Thunfisch. Beaupain beschimpft Gauthier. Gauthier sagt, er habe einen Laib Schweizerkäse mitgebracht, den er auf einem verlassenen deutschen Lastwagen in Levallois gefunden habe. Er sagt, daß dieser Laib Schweizerkäse gestern abend noch auf dem Lastwagen war. Daß der Lastwagen gestern abend noch im Hof stand. Und daß jetzt nur noch der Lastwagen da ist. Der Schweizerkäse — verschwunden. Die Männer maulen. Sie glauben, daß

Gauthier sie beschuldigt, den Schweizerkäse gestohlen zu haben. Beaupain geht angewidert hinaus. D. packt ihn am Arm und hält ihn fest, fragt, wer das war.

»Ein Gestapomann. Vom Auffanglager Campagne Première. Die Gruppe Hernandez hat ihn umgelegt.«

»Wo? Wie?«

»Drei Genickschüsse, mit dem Revolver. Hier, im Hof.«

Beaupain geht weg. D. und Thérèse gehen in Richtung Hof. Einen Meter von der Tür entfernt, auf einem Stein mit einer leichten Vertiefung, gerinnendes Blut. Es leuchtet in der Sonne. Ein Baum wächst neben dem Stein. Niemand an den Fenstern, die auf den Hof gehen, die meisten sind geschlossen. Der Hof ist leer.

»Warum dieses Blut auf dem Stein?« fragt Thérèse.

D. antwortet nicht. D. und Thérèse bleiben auf der Schwelle stehen und betrachten das Blut. Es ist der erste, den man hingerichtet hat. Es ist das erste Mal.

Beaupain kommt wieder vorbei. Und ohne daß D. ihn fragt, sagt Beaupain:

»Er hat geflennt.«

Er geht weiter. Er sucht wohl die Diebe des Schweizerkäses. Gauthier kommt nun ebenfalls. Auch er sucht. Er sucht Beaupain.

»Warst du dabei?«

»Nein. Wo ist Beaupain?«

Wir wissen es nicht. Pierrot kommt an und bittet D. um eine Zigarette. D. gibt ihm eine Zigarette, nimmt sich selber eine, zündet sie an. Pierrot ist ein Junger, vielleicht achtzehn Jahre alt.

»Schaust du dir das an?« fragt Pierrot.

»Warst du dabei?« fragt D.

»Und ob ich dabei war! . . .« sagt Pierrot, »er hat geflennt, daß es zum Kotzen war, er hat gesagt, wenn wir
ihn gehen ließen, würde er alles tun, was wir von ihm
wollten, er hat gesagt, daß er begriffen habe . . . alles.«

Er sagt auch, daß die Spanier sich in die Haare geraten
sind. Es ging darum, wer schießen sollte, und sie lägen sich
deswegen übrigens immer noch in den Haaren. Schließlich
waren es Hernandez und zwei andere, die beide mit einer
8-mm-Pistole ins Genick geschossen haben.

Pierrot geht weiter. D. und Thérèse gehen in den Raum
der Spanier zurück. Eine Gruppe diskutiert mitten im
Raum heftig miteinander. Einige interessieren sich nicht
für die Diskussion, sie kauern sich längs der Wand auf den
Boden, nehmen ihre Gewehre auseinander und fetten sie
ein.

Ter lehnt sich mit dem Rücken an den Kamin. Stimmt
ja, Ter. Ter der Milizionär. Ter ist blaß. Nicht die gleiche
Blässe wie bei Beaupain vorhin, es ist was anderes. Ters
Nase ist verzogen, er ist grün im Gesicht, er hat kreide-
weiße Lippen und graue Schatten unter den Augen.
Stimmt, wir hatten ihn ganz vergessen, Ter. Seit zehn oder
fünfzehn Minuten haben wir ihn vergessen. Ter hat die
Tragbahre vorbeikommen sehen, und durch die Tür, die
auf den Innenhof geht, hat er das Blut auf dem Stein
gesehen. Niemand hat daran gedacht, daß Ter diese Dinge
sehen könnte. Natürlich keiner von den Spaniern. Nicht
einmal Thérèse, nicht einmal D.

Und jetzt finden wir Ter mit dem Rücken an den Kamin
gelehnt, ganz allein. D. tritt auf ihn zu. Und sobald Ter
sieht, daß D. auf ihn zugeht (er wartet wohl von Anfang
an darauf, daß D. auf ihn zugeht), verspannt sich sein
Gesicht, windet sich buchstäblich D. entgegen, während

er den Kamin nicht verläßt. D. tritt ganz nahe an Ter heran, der mit ihm reden will. Ters Stimme ist ganz leise.

»Ich möchte meiner Familie ein paar Zeilen schreiben«, sagt Ter.

D. und Thérèse sehen sich an. Sie hatten Ter vergessen. Und jetzt wissen sie, daß Ter die Bahre vorüberkommen sah und daß er von der Tür aus das Blut gesehen hat. D. starrt Ter an, er starrt ihn an, er starrt ihn an. Dann lächelt D. Ter zu.

»Nein«, sagt D., »wir haben Sie nicht hierher gebracht, um Sie zu erschießen.«

Ter schaut zu D. auf. Dieser Blick Ters, diese Bewegung der Augen Ters zu D. hin, die Kraft, die bewirkt, daß sich Ters Augenlider heben, seine Augen D. anschauen . . .

»Ach so . . .« sagt Ter, »ich hätte es nämlich gern gewußt.«

»Nein«, sagt D., »beruhigen Sie sich . . .«

Ters Augenlider und sein Kopf fallen schwer wieder herab. Und Ter sagt nichts mehr. Er rührt sich nicht, er lehnt sich, auf die Ellbogen gestützt, immer noch an den Kamin, der Körper ist etwas schief. D. lehnt sich an den Kamin, neben Ter. Er starrt ihn immer noch an. Ebenso Thérèse. Immer wieder kommen Männer an ihnen vorbei. Ter hat die Augen niedergeschlagen. Jetzt beschimpfen sich die Männer wegen dem Schweizerkäse. Gauthier läuft hinter Beaupain her. Beaupain will im Augenblick nichts mehr über Gauthier hören. Er geht von einem Spanier zum andern und fragt, wer den Schweizerkäse gesehen hat. Ein Laib Schweizerkäse? Niemand hat so was gesehen, weder von nahem noch von weitem. Gauthier folgt Beaupain und grinst, als ob er etwas wisse. Dann und wann erdröhnt lautes Gelächter. Immer noch wegen dem Laib Schweizerkäse.

Die Männer sitzen in den Ecken und fetten mit großer Sorgfalt ihr Gewehr ein. Einige essen, die Franzosen belegte Brote mit Thunfisch, die Spanier belegte Brote mit Thunfisch und Tomaten. Die Spanier haben immer Tomaten in den Taschen, und sie verschlingen den ganzen Tag lang welche. Niemand weiß, wo und wie sie sie finden.

D. nimmt seine Zigarettenschachtel. Er hält sie Ter unter die Nase. Ters Hand bewegt sich mit einem Ruck, sie nimmt die Zigarette. »Danke«, sagt Ter. D. bietet auch Thérèse eine Zigarette an. Er nimmt sich selber eine, dann gibt er Ter Feuer. Als Ter das Feuer sieht, schaut er noch einmal zu D. auf. D. lächelt. Ter lächelt ebenfalls ganz kurz und senkt dann wieder den Kopf, immer noch an den Kamin gelehnt. Er raucht die Zigarette aus Leibeskräften, er macht ungeheuer tiefe Züge.

Beaupain versammelt alle Männer und teilt ihnen das geheimnisvolle Verschwinden des Schweizerkäses mit. Es gibt dafür keine Erklärung, sagt Beaupain, ein Laib Schweizerkäse von dreißig Kilo läuft nicht aus eigener Kraft davon. Die Männer hören zu, lächeln und diskutieren weiter. Niemand hat je etwas von dem Schweizerkäse gesehen, weder von nahem noch von weitem. Beaupain ist schweißgebadet, er schimpft und wird die Sache leid. Und er gibt Anweisungen für die Unterbringung der verschiedenen Gruppen für den Abend. Als er fertig ist, tritt ein Spanier auf ihn zu und sagt etwas zu ihm. Sogleich erinnert sich Beaupain an etwas, und er fragt in den Raum hinein, wer das MG genommen hat, das noch gestern abend auf seinem Schreibtisch lag, und wer außerdem die beiden Maschinenpistolen genommen hat, die am Morgen verschwunden sind, die eine gehörte der Gruppe, die andere einem kleinen F.A.I.*, dem gleichen, der gerade mit ihm gesprochen hatte. Der kleine F.A.I. nickt empört. Niemand hat die Maschinenpistolen gesehen, so wenig wie das MG. Der kleine F.A.I. geht von einer Gruppe zur andern und stellt immer wieder die gleiche Frage: »Hast du die Maschinenpistole gesehen?«, wobei er seine leeren Hände hinhält. Niemand hat was gesehen.

Ter raucht immer noch. D. und Thérèse kommen nicht umhin, ihm beim Rauchen zuzusehen.

Ter ist dreiundzwanzig Jahre alt. Er ist ein hübscher Kerl. Er trägt keine Jacke, und man sieht die Muskeln seiner Unterarme, lang, jung. Er hat eine schmale Taille, durch einen Ledergürtel betont. Er ist nicht mehr blaß. Er raucht immer noch kräftig, er saugt an seiner Zigarette. Er hat einen neun Tage alten Bart. Sein blaues Hemd ist aus Seide. Seine Schuhe sind aus Wildleder. Sein Gürtel ist aus Pekarileder. Wäre da nicht die Seide seines Hemdes, das Wildleder, der Gürtel, man könnte ihn für einen Kerl aus dem Auffanglager halten. Aber Ter hat eine üble Vergangenheit. Da ist nichts zu machen, er hat sie. Aus dem jungen Leben Ters ist diese ungeheure Vergangenheit gewachsen, an der er sicherlich sterben wird.

D. und Thérèse sehen ihn an. Er raucht mit niedergeschlagenen Augen. Die Hand, die die Zigarette hält, zittert, die andere hält sich am Kamin fest. Von Zeit zu Zeit hebt Ter die Augen, er sieht D., und er lächelt wie jemand, der sich entschuldigt.

* Fédération Anarchiste Internationale (Internationaler Anarchistenbund)

In allen Ecken fetten die Männer ihre Gewehre ein und diskutieren über die gestohlenen Maschinenpistolen, den Schweizerkäse, den Gestapomann.

D. interessiert sich auch weiterhin nur für Ter, den Milizionär. Dreiundzwanzig Jahre alt. Er hat sein Leben verloren. Er ist der Freund Lafonts geworden. Lafont hat ihn geblendet mit seinem gepanzerten Auto, seinem gepanzerten Büro, seinen gepanzerten Wänden. Ter ist ein merkwürdiger Kerl. Er hat überhaupt keinen Gedanken im Kopf, sondern nur Lüste und Begierden, er hat einen Körper, der für das Vergnügen geschaffen ist, für das Lotterleben, den Kampf, die Mädchen. Vor acht Tagen haben D. und Roger Ter verhört. Thérèse war bei seinem Verhör dabeigewesen. Jene, die bei seinem Verhör dabeigewesen sind, kennen ihn gut, als ob sie ihn schon immer gekannt hätten.

Ter war ein Freund der Clique Bony-Lafont gewesen.

»Warum sind Sie in die Miliz eingetreten?« hatte man Ter gefragt.

»Weil es nicht möglich war, auf andere Art eine Waffe zu bekommen . . .«

»Warum eine Waffe?«

»Das ist prima, eine Waffe.«

Man hatte ihn eine Stunde lang in die Mangel genommen, um herauszufinden, was er mit seiner Waffe anstellte und wieviele Widerstandskämpfer er mit seiner Waffe getötet hatte.

»Ich war der allerletzte in der Clique, ich hätte keine Widerstandskämpfer töten können.«

Er sagte, daß er mit Künstlern vom Film in der Sologne auf die Jagd gegangen sei. Er war eine Zeitlang der Sekretär Lafonts gewesen.

Er hatte nicht gesagt, daß er keine Widerstandskämpfer getötet hätte, wenn er gekonnt hätte.

Eine F.F.I.-Gruppe* aus dem fünfzehnten Arrondissement, bei denen er sich eingeschlichen hatte, hatte ihn entdeckt und ihn der Gruppe Richelieu untergejubelt, weil sie bei sich keinen Platz hatten, um ihn zu bewachen. Man hatte ihn auch gefragt:

»Was wollten Sie eigentlich bei den F.F.I.?«

»Ich wollte kämpfen . . .«

»Mit welcher Waffe?«

»Mit meiner Waffe.«

»Sie haben wohl gedacht, das sei die einzige Möglichkeit, unterzutauchen, wie?«

»Nein, ich wollte wirklich kämpfen, nicht etwa, weil ich den Deutschen übel wollte, nein, ich wollte wirklich kämpfen.« Man hatte ihn gefunden mit einer Armbinde der F.F.I. in der Tasche. Man hatte ihn gefragt, was er mit dieser Armbinde in der Tasche mache. Er hatte gesagt, er habe sie gefunden, er hatte gelächelt: »Nein, das bestimmt nicht, ein Kerl wie ich, die Armbinde tragen . . .«

Beaupain kommt vorbei, immer noch auf der Suche nach dem MG und dem Schweizerkäse.

»Wann hast du mal 'ne Minute Zeit?« sagt D.

»Schieß schon los«, sagt Beaupain.

Sie entfernen sich und diskutieren. Thérèse bleibt bei Ter am Kamin stehen. Sie denkt, daß es bei dem Gespräch zwischen Beaupain und D. wohl um Ter geht und daß Ter keine Ahnung davon hat. In der Tat, Ter kommt allmählich auf andere Gedanken. Er folgt mit den Augen der Gruppe von Spaniern, die ihre Waffen reinigen, er beob-

* Forces Françaises de l'Intérieur (= ›Französische Streitkräfte im Innern‹, Widerstandsbewegung)

achtet auch D. und Beaupain, vor allem aber die Spanier. Denn Ter ist so. Um ein Auto fahren zu können, um einen Revolver in der Tasche zu haben, hat Ter sein Leben verloren. Er hat mit Lafont und Bony ein Lotterleben geführt. Er fuhr mit großem Pomp das gepanzerte Auto Lafonts, wenn Lafont in den jüdischen Vierteln seine Razzien machte. Eines Tages, als er zur Jagd ging, hat er hinter den Bäumen hervorgeschossen, er weiß nicht, ob er jemanden getötet hat. Wir wissen alles. Ter hat alles sofort gestanden.

Für Ter ist alles einfach. Ter sagt sich: »Ich hatte eine Waffe, ich gehörte zur Clique von Lafont, ich habe in die Bäume geschossen, ich werde erschossen werden.« Wer das Böse getan hat, muß erschossen werden. Es nützt nichts, sich zu verteidigen, glaubt Ter. Ter beugt sich den Erfordernissen der Justiz und der Gesellschaft. Er glaubt an den Scharfsinn der Richter, an die Justiz, an die Strafe. Und bis es soweit ist, ist es lustig zuzusehen, wie Waffen auseinandergenommen werden, und klipp und klapp. Ter ist wie eine Pflanze. Wie eine Art Kind.

Thérèse und D. haben eine gewisse Vorliebe für Ter. Das ist zwangsläufig so. Es ist zwangsläufig so, daß man für die einen eine Vorliebe hat und gegen manche andere eine heftige Abneigung. Es gibt im Auffanglager Richelieu einen Mann von Welt, der viel weniger schuldig ist als Ter, und der wußte, daß er sich aus der Affäre ziehen würde. Ter nicht, Ter ist sicher, daß er erschossen wird. Der Mann von Welt hat darum gebeten, daß man ihn mit Leuten »seines Milieus« zusammentut, da er »Anspruch auf Rücksicht« habe. Daraufhin hat ihn D. in den Gemeinschaftsverschlag in der Halle gesteckt, neben einen Catcher-Champion und ein Kammermädchen.

In einem Jahr hat Ter in einem deutschen Verkaufsbüro sechs Millionen verdient.

»Wieviel hat Ihnen diese Arbeit eingebracht?«

»Sechs Millionen 1943, zwei Millionen in diesem Jahr.«

Ter hat nicht eine Sekunde gezögert, es zu sagen. Ter ist wirklich ohne List und Falsch und ohne den geringsten Stolz. Was er vor allem andern haben möchte, sind Zigaretten. Und auch eine Frau. Als man ihn nach seiner Verhaftung acht Tage lang verhörte, hat Ter mit einer gewissen Beharrlichkeit Thérèse angesehen. Ter hat die Visage eines Lebemanns und eines Fickers, und die Frauen fehlen ihm sicherlich. Und es ist unmöglich, seine Maitresse, die unten in der Halle ist, zu ihm raufzulassen, das ist verboten. Sie sind schon zu elft in der Buchhaltung, und das könnte man sowieso nicht machen. Genauso mit den Zigaretten, es ist verboten, den Gefangenen welche zu geben.

D. ist zu Ter und Thérèse zurückgekommen.

»Wir gehen . . .«

Ter geht voran. D. beugt sich zu Thérèse und sagt ganz leise: »Beaupain hat keinen Platz, wir werden im Cherche-Midi anrufen müssen.«

Als wir hinausgegangen sind, hat D. Hernandez ein freundschaftliches Zeichen gemacht. Thérèse ebenfalls. Hernandez ist ein Riese, ein Kommunist, es waren er und zwei aus seiner Gruppe, die den Agenten hingerichtet haben, sie sind zu siebzehnt in dieser Gruppe und werden von allen Franzosen wegen ihrer großen Kampferfahrung geschätzt. Daß es Hernandez war, der die Hinrichtung des Agenten übernommen hat, bestätigt in den Augen von D. und Thérèse sicherlich, wie begründet ihr Vertrauen zu Hernandez ist. Seiner Gruppe ist diese Arbeit zugefallen, das ist völlig in Ordnung. Der Agent war Franzose, aber die Franzosen hatten nicht diskutiert, sie waren sich vielleicht nicht ganz sicher, ob man den Agenten hinrichten solle, Hernandez hingegen ja. Hernandez ißt gerade Tomaten, er hat das Lächeln eines Riesenkindes. Er ist von Beruf Friseur, seiner Lebenseinstellung nach ist er spanischer Republikaner. Mit der gleichen Sicherheit, mit der gleichen Leichtigkeit würde er sich eine Kugel durch den Kopf schießen, wenn das für den Ausbruch der spanischen Revolution von Nutzen wäre. Wenn die Spanier nicht kämpfen, fetten sie die erbeuteten Waffen ein; sie kennen die Ecken, wo man welche findet, sie bleiben die ganze Nacht draußen, sie schlafen sehr wenig, sie reden und reden unaufhörlich vom künftigen Kampf in Spanien. Sie glauben alle, daß sie in den kommenden Tagen aufbrechen werden. »Jetzt ist Franco an der Reihe«, sagt Hernandez immer wieder. Das hindert sie daran zu schlafen, die Befreiung von Paris läßt die Spanier träumen. Das große Problem für sie ist, Waffen aufzutreiben und sich neu zu organisieren. Die Sozialisten stellen dabei unannehmbare Bedingungen für die Kommunisten und für die Leute von der F.A.I.*. Letztere wollen sich aus eigenen Kräften an der spanischen Grenze neu organisieren. Die Sozialisten wollen ein Expeditionskorps organisieren, das in Paris gebildet werden soll. Den ganzen Tag über ist die Rede von diesem Aufbruch. Alle haben ihren Beruf und ihre Arbeit aufgegeben, um zurückzukehren.

Als sie Hernandez begegnen, denkt Thérèse, falls Ter in den folgenden Tagen hingerichtet werden sollte, wäre es besser, daß er, Hernandez, es tut. Sie würde vorziehen,

---

* Fédération anarchiste internationale = Internationaler Anarchistenbund«.

daß es Hernandez ist. Sie lächelt ihm zu. Nur Hernandez weiß, wie sehr und warum es notwendig ist, ihn zu töten. Sie kennt die Einzelheiten nicht, über die D. und Beaupain wegen Ter, dem Milizionär, gesprochen haben. Es sind sicherlich Organisationsfragen. Ter wird das Auffanglager verlassen, vielleicht wird er erschossen werden.

Ter ist froh, daß er das Auffanglager d'Antin verlassen kann. Er geht mit geschmeidigen, schnellen Schritten vor D. und Thérèse her. Er weiß, daß er in den Buchhaltungsraum im Auffanglager Richelieu zurückkehrt, aber im Augenblick denkt er nicht daran. Die Aussicht auf eine Spazierfahrt im Auto vom Auffanglager d'Antin zum Auffanglager Richelieu läßt es ihn vergessen. So ist Ter, er vergißt schnell.

Als er auf der Straße ist, in Höhe des Autos, entfernt sich Ter plötzlich von D. und Thérèse, er läuft um das Auto herum, und mit einer breiten, galanten Bewegung hält er Thérèse lächelnd die Wagentür auf. Gewiß, er ist froh, daß er das Auffanglager d'Antin verlassen kann, aber das ist es nicht allein. Es kommt hinzu, daß Thérèse am Steuer sitzt, daß er, früher, am Steuer saß, und daß er sich mit Thérèse irgendwie verwandt fühlt. Ter ist kein gewöhnlicher Gefangener. Denn es ist das Wunderbare geschehen, daß Ter während seines Verhörs von D.s Anständigkeit überrascht war, und es ist sicher, daß in dem totalen, fast beunruhigenden Geständnis Ters der Wunsch lag, D. zu gefallen. So ist Ter, einfach. Wie eine Art Pflanze, Ter.

Ter sitzt neben Thérèse, die das Auto fährt. D. ist auf dem Rücksitz. Er hält in der rechten Hand einen kleinen, alten kleinkalibrigen Revolver, die einzige Waffe, die D. bleibt, da sein MG und seine 8-mm-Pistole im Auffanglager Richelieu gestohlen worden sind. Dieser Revolver, den D. in der Hand hält, hat Ladehemmung, er funktioniert schon lange nicht mehr. D. hat ihn in der Schublade seines Schreibtischs anstelle der 8-mm-Pistole gefunden. Unmöglich herauszufinden, wo er wohl herkommen mag. Thérèse weiß ebenfalls, daß dieser auf Ter gerichtete Revolver nicht geht. Ter weiß es natürlich nicht. Wenn er auch bemerkt hat, daß dieser Revolver lächerlich klein ist, so beeindruckt ihn D. doch dermaßen, daß er gar nicht auf den Gedanken käme, sein Revolver ginge nicht. In Ters Augen kann D. nur Waffen besitzen, die so vollkommen sind wie seine Seele.

Ter sitzt ruhig neben Thérèse.

Es ist schönes Wetter, sehr hell. Es gibt keine Polizei auf den Straßen. Die Polizei hat mit dem Volk von Paris gekämpft, und sie hat seit der Befreiung ihr Amt noch nicht wieder aufgenommen. Seit drei Tagen sind die Straßen ohne Polizei. Autos voller F.F.I. fahren in alle Richtungen, auch durch Einbahnstraßen, sie fahren sehr schnell und überholen sich, wobei sie großzügig die Bürgersteige benutzen. Eine wilde Lust am Ungehorsam, ein Rausch der Freiheit hat sich der Leute bemächtigt.

Ter ist fasziniert von der Geschwindigkeit der Autos, der Anzahl der Autos, den Gewehrläufen, die aus den Wagentüren herausschauen und in der Sonne glänzen.

»Man muß die Gelegenheit nutzen«, sagt D. plötzlich, »es gibt noch keine Polizei, so etwas kommt nur alle hundert Jahre vor . . .«

Ter hat sich zu D. umgedreht, der den Revolver auf ihn gerichtet hielt. Und er hat gelacht.

»Das stimmt.«

So ist Ter, das gefällt ihm, daß es keine Polizei gibt. Ter

hat die Polizei noch nie gemocht. Und wenn er sich bei D. so wohlfühlt, so liegt es daran, daß D. nicht von der Polizei ist. Ter überlegt nicht; er denkt nicht, daß die Tatsache, daß es keine Polizei gibt, neue Zeiten ankündigt, Zeiten, die er nicht erleben wird. Er denkt nicht weiter als seine Nasenspitze, Ter.

Ter achtet ganz genau auf die Schaltung, wie das Auto auf Touren kommt, wie es im sonnendurchfluteten Trubel der Straßen dahinfährt. Ter liebt den Umgang mit Autos, mit Waffen, mit Geld, mit Frauen. Er liebt alles, was fährt, was knallt, was sich ausgeben läßt. Für ihn ist das Lenken eines Autos an sich eine faszinierende Sache. Um so mehr, als es etwas so völlig anderes ist als das Leben, das er seit elf Tagen in der Buchhaltung führt, zusammen mit den zehn anderen Milizionären. Und es ist wirklich strahlendes Wetter, und alle diese Autos voller junger Männer und junger Mädchen in Ters Alter, die in einem Mordstempo dahinflitzen, mit Maschinenpistolen und Karabinern, die nach allen Himmelsrichtungen aus den Wagentüren hervorschauen, machen den Sommer noch kraftvoller, noch faszinierender. Diese ganze erkämpfte, freie, aufgeregte Unordnung wirkt aus der Ferne auf Ter, der glücklich ist, in einem dieser Autos zu sitzen, teilzunehmen an dieser Bewegung, in welcher Eigenschaft auch immer.

Es ist sicherlich die letzte Spazierfahrt in Ters Leben.

An jeder Biegung streckt Ter pünktlich, aufmerksam, den Arm aus, um die Fahrt des Autos zu erleichtern. Des Autos, das ihn geradewegs in seine Zelle im Auffanglager Richelieu führt, aus der er wahrscheinlich nur noch im Gefängniswagen herauskommen wird.

Von Zeit zu Zeit kommt von den Dächern der Häuser das Gurren der Maschinenpistolen, Klangkulisse, strahlendhelle Sonne, grüne Blätter. Wenn es allzu nahe ist, drängen sich die Fußgänger unter den Toreinfahrten der Häuser zusammen und lachen den F.F.I. zu, die im Automobil vorbeifahren.

Und in einem bestimmten Augenblick dreht sich Thérèse zu D. um und zwinkert ihm zu wegen der Ladehemmung des Revolvers. Und D. und Thérèse lächeln. Nur Ter ist ernst. Pünktlich streckt er an jeder Biegung den Arm aus.

Als Thérèse und Albert Ter wieder in seine Zelle brachten, hat Ter Thérèse gefragt, ob es im Bereich des Möglichen liege, daß er zusätzlich zu den Rationen noch Brot und auch ein Kartenspiel bekommen könne, um sich die Zeit zu vertreiben. Ter hat Thérèse gefragt, ganz leise, damit Albert es nicht hört.

D. hat die F.F.I. in der Küche angeschnauzt, die sich an den Portionen der Gefangenen bereicherten, und Thérèse war ein Kartenspiel und Brot holen gegangen.

Am späten Nachmittag hat Thérèse Albert in die Buchhaltung begleitet, um Ter die Karten und das Brot zu geben. Ter saß auf dem Tisch und erzählte den anderen Gefangenen von seiner Spazierfahrt durch Paris. Thérèse hatte ihm die Karten und das Brot gegeben.

Und am Abend hatte man Ter angetroffen, wie er auf dem Tisch saß, umgeben von drei anderen Milizionären, sie spielten Karten.

Die andern wollten eigentlich gar nicht spielen, sie spielten lahm. Ter zwang sie. Ter hatte eine verdammte Lust zu spielen, eine Lust von jemandem, der leben wird, nicht mehr und nicht weniger. Er saß im Schneidersitz auf dem Tisch, er zwang die andern, ihre Karten zu wählen, sie auszuspielen. Dann spielte er. Er spielte allein. Er warf die Karten auf den Tisch und freute sich, daß er gewann. Und peng. Und jetzt spiel ich dir dieses Ass aus. Und jetzt steche ich. Und jetzt gewinne ich.

Neben Ter lag ein kleines Stück Brot auf dem Tisch. Es war alles, was von den drei Broten übriggeblieben war, die Thérèse Ter gebracht hatte. Sie hatten alles verschlungen, Ter hatte mit den andern geteilt.

Sogar Albert hatte eine Vorliebe für Ter, Albert, der zu allen andern furchtbar war. Als Ter unten in der Halle war, hatte ihn D. eines Tages in einem eifrigen Gespräch mit Albert gefunden. Albert saß in einem Ledersessel. Ter saß zu seinen Füßen.

»Erzähl mal ein bißchen . . . und die Frauen? Wieviele Frauen hast du gehabt?«

Ter dachte nach.

»In welcher Zeit?« fragte Ter.

»Im letzten Jahr, wieviel im letzten Jahr?«

»Dreihundertfünfundneunzig.«

Dann bogen sich Ter und Albert vor Lachen, und auch D., der gerade dazugekommen war, alle drei gemeinsam.

Ter war unverbesserlich. Selbst wenn er am nächsten Tag sterben sollte, hätte Ter die Gelegenheit zu leben nicht verpaßt. Ter war von seiner Verworfenheit überzeugt, denn D. hatte es ihm gesagt, und D. mußte man es glauben. Ter war ohne Stolz, nichts im Kopf, nichts als Kindheit.

Wir haben nicht erfahren, was aus Ter geworden ist, ob er erschossen worden ist oder ob er überlebt hat. Wenn Ter überlebt hat, dann muß er zu jener Seite der Gesellschaft gehören, wo Geld keine Rolle spielt, wo der Gedanke nicht weit reicht, wo die Mystik des Führers die Ideologie ersetzt und das Verbrechen rechtfertigt.

Die geknickte Brennessel

Dies ist erfunden. Dies ist Literatur.

Ich war damals sicherlich in der Kommunistischen Partei Frankreichs, denn es war ein Text, der mit einer Klassenkonfrontation zu tun hatte. Es war nicht schlecht, es war nur nicht druckreif. Ich habe das Glück gehabt, eine Literatur zu machen, die ich unbewußt immer vor der ekelerregenden Nachbarschaft der KP, der ich angehörte, geschützt habe. Zum Glück ist dieser Text vierzig Jahre lang unveröffentlicht geblieben. Ich habe ihn neu geschrieben. Jetzt weiß ich nicht mehr, worum es sich handelt. Aber es ist ein Text, der das Weite sucht. Es ist vielleicht auch ein guter Filmtext.

Manchmal glaube ich, der Fremde ist Ter, der Milizionär, der aus dem Auffanglager Richelieu getürmt ist und nach einem Platz zum Sterben sucht. Es ist der helle Anzug, der mich auf diesen Gedanken bringt, die Schuhe aus hellem Leder, die weiße Haut Nazi-Deutschlands und der Geruch dieser Luxusware, der englischen Zigarette.

Der Fremde setzt sich auf die großen Steinplatten, die am Rande des Weges liegen. Sie sind bestimmt vor ziemlich langer Zeit hierhergebracht worden, vielleicht noch vor der Besatzung. Dann hat man den Plan, an diesem Weg Bürgersteige anzulegen, wohl aufgegeben.

Auf jeder Seite des Weges stehen wellblechgedeckte Holzbaracken in einer Reihe, umgeben von schiefen Zäunen, auf denen da und dort Wäsche trocknet. Um die Steinplatten herum, in den Zwischenräumen, wachsen wilde Winden und Brennesseln. Es wachsen auch welche an den Zäunen, die die Holzbaracken säumen, eine Überwucherung. Da und dort auch in den Gärten, auf dem Weg, Akazien, keine anderen Bäume.

Aus den Baracken dringt das Klappern von Geschirr, lautes Stimmengewirr, Gekreisch von Kindern, Geschrei der Mutter, keine zusammenhängenden Worte.

Auf dem Weg gehen zwei Kinder auf und ab. Das ältere ist wohl gut zehn Jahre alt. Es fährt seinen kleinen Bruder in einem alten Sportwagen spazieren, von dort, wo sich der Fremde befindet, bis zu der Mulde, zu der der Weg führt. Aus dieser Mulde ragt ein Gewirr von Alteisen und Brennesseln empor.

Seitdem der Fremde da ist, hat das Kind seine Wegstrecke verkürzt, es kommt öfter an ihm vorüber. Der kleine Bruder trägt ein viel zu kleines blaues Hemd. Er ist barfuß, sein blonder Kopf schaukelt an der Lehne des Sportwagens hin und her. Er schläft. Seine struppigen Haare sind unordentlich, einige Strähnen hängen ihm in die geschlossenen Augen, dort sitzen die Fliegen, im feuchten Schatten der Wimpern. Von Zeit zu Zeit bleibt der Ältere stehen und beobachtet verstohlen den Fremden, mit einer sehr starken und unvoreingenommenen

Neugier. Er kaut an einem Grashalm und summt leise vor sich hin. Auch er ist barfuß. Es ist ein magerer Junge mit wulstigen Lippen, mit glanzlosem und strubbeligem, sehr schwarzem Haar. Er trägt einen Mädchenkittel, der ebenfalls blau ist und vorn weit offensteht. Sein Kopf ist klein und gedrungen, sein Blick ist noch rein und tief. Manchmal verschließt sich das Gesicht des Kindes, es bekommt Angst. Und zwar dann, wenn es glaubt, daß der Fremde es nun ebenfalls betrachtet. Aber sehr schnell nimmt der Junge sein Hin und Her vor den Baracken wieder auf.

Der Fremde ist seit zehn Minuten da, als der Mann auf dem Weg auftaucht. Er setzt sich ebenfalls auf eine Steinplatte, nicht weit von dem Fremden entfernt. Es ist ein Mann, der die Gewohnheit hat, hierher zu kommen. Er muß so um die fünfzig sein. Er trägt eine von Wagenschmiere glänzende Baskenmütze. Er zieht die Hosenbeine hoch, um sich hinzusetzen, seine Waden sind mager, behaart, sie ragen aus schwarzen, derben Schuhen. Er trägt ein Militärhemd und eine etwas zu kurze graue Jacke. Das Kind bleibt vor dem Arbeiter stehen. Das Gesicht des Kindes ist auf wunderbare Weise belebt, es lächelt. Sie sagen sich guten Tag.

Das Kind schiebt den Sportwagen unter die Akazie auf der anderen Seite des Weges, kommt dann zurück und setzt sich neben den Mann. »Hast du schon gegessen?« »Hab' ich«, sagt das Kind.

Wie das Kind, schaut auch der Mann den Fremden verstohlen, doch gelassen an. Sein Gesicht ist gegerbt, ausgetrocknet. Er hat blaue Augen, dieser Mann, sie sind klein und lebhaft, es sind gute Augen. Seine Wangen sind hohl, er hat sicherlich nicht mehr viele Zähne.

Es ist heiß, eine drückende, klebrige Hitze, von keinem

Hauch, keiner Bewegung durchdrungen. Das leise Knistern, das man hört, kommt von den Mücken, die in der drückenden Luft von Brennessel zu Brennessel fliegen.

Der Mann stellt seinen Brotbeutel vor sich hin. Er holt sein Kochgeschirr heraus und eine Flasche Wein. Der Fremde, so könnte man meinen, vermeidet es, ihn anzusehen. Er müßte eigentlich merken, daß der Mann ihn beobachtet, daß er sich fragt, was er hier will, an diesem Weg am Ende der Welt, ein Mann, der dermaßen fremd ist.

Der Mann holt sein Kochgeschirr heraus, und man sieht, daß der Zeigefinger seiner linken Hand in einem dicken, ledernen Fingerling steckt, der um das Handgelenk herum geknotet ist. Er macht das Kochgeschirr auf, wobei er den Finger so hochhält, daß er die geringste Berührung vermeidet. Das Kind folgt den Bewegungen des Mannes. Im Augenblick scheint es den Fremden vergessen zu haben. »Hast du noch Schmerzen?« fragt das Kind. »Nicht mehr so viele. Ich achte nicht mehr darauf.«

Im Kochgeschirr sind weiße Bohnen. Der Mann holt ein Stück Brot aus dem Brotbeutel. Seine Bewegungen sind langsam. Der Fremde nimmt seinen Hut ab und legt ihn auf den Nachbarstein. Ihm ist heiß. Er trägt einen hellen, fast weißen Anzug.

Das Kind folgt den Bewegungen des Mannes. Sein Gesicht hat sich entspannt. Es ist eine seltsame Begierde in ihm, es will, daß der Mensch mit ihm spricht. Sie haben wohl die Gewohnheit, sich regelmäßig zu sehen. »Und dein Vater?« fragt der Mann. »Es geht ihm besser«, sagt das Kind.

Der Mann wischt seinen Löffel am Revers seiner Jacke ab und taucht ihn in das Kochgeschirr. Er ißt. Er kaut. Er ißt. Er schluckt. Alles geschieht mit der gleichmäßigen Langsamkeit eines Schauspiels, mit der Langsamkeit einer schwierigen und vergeblichen Lektüre.

Hinter ihnen, hinter dem Fremden, dem Mann und dem Kind die gleiche kompakte Masse der Stadt, vor ihnen der Anfang der Brennesseln. Die Stadt hört dort auf, wo das Unkraut beginnt, das Alteisen. Der Krieg hat die Stadt verlassen. Es ist vorbei. Der scharfe Geruch kommt von einer anderen Mulde – die man allerdings nicht sieht – die wohl als Schuttabladeplatz für alle Leute aus den Baracken dient. Die Fliegen, die an den Augen des kleinen Kindes trinken, kommen von dort. Seit es geboren wurde, ist dieses kleine Kind also die Beute der Fliegen dieses Schuttabladeplatzes, und es atmet, und es ist in diesen scharfen Geruch eingetaucht. Für Augenblicke wird dieser Geruch schwächer und kommt dann wieder, entsetzlich, er füllt den Sommer.

Der Mann ißt vor den Augen des Kindes und des Fremden immer noch seine Bohnen. Er nimmt einen Mundvoll Bohnen, schneidet mit seinem Taschenmesser ein Stück Brot ab, schiebt alles in den Mund. Er kaut. Langsam kaut er. Das Älteste der Kinder schaut dem Mann zu, der kaut. Aus den Baracken kommen immer noch Schreie, Kinderweinen, das Klappern von Geschirr, keine zusammenhängenden Worte.

In der Ferne ertönt eine Sirene, ganz traurig, ähnlich wie die im Krieg bei Fliegeralarm.

Der Mann legt sein Stück Brot auf den Stein und zieht seine Uhr aus der Westentasche. Er stellt sie mit derselben Langsamkeit. Er sagt: »Eine Minute nach zwölf.« Er wendet sich dem Fremden zu: »Das macht immer noch Angst, ein ekelhaftes Geräusch.«

Der Fremde hat nicht geantwortet. Man könnte meinen, er sei taub. Der Mann beginnt wieder seine Bohnen zu essen. Immer noch mit dieser übertriebenen Zeitlupenlangsamkeit, in der stinkenden Hitze der Mulde, die man nicht sieht. Das Kind sieht ihn nicht mehr an. Es beobachtet den Fremden, der nicht geantwortet hat. Es hat nie einen Fremden auf diesem Weg gesehen, ein sehr sauberer und sehr weißer Mann. Ein blonder Mann.

»Wo sind wir hier?« fragt der Fremde.

Das Kind lacht und schlägt dann verlegen die Augen nieder. Der Mann hört auf zu kauen. Er sieht den Fremden an, ebenfalls überrascht.

»Das dort ist Petit-Clamart.« – Er zeigt in die Richtung des Alteisenhaufens und der Brennesseln. – »Hier ist noch Paris. Im Prinzip jedenfalls . . .«

Die Ungewißheit hat sich des Mannes bemächtigt.

»Warum?« Haben Sie sich verirrt? . . .«

»Ja.« Das Wort dröhnt.

Das Kind lacht wieder, dann hört es auf, schlägt die Augen nieder.

Der Mann lächelt nicht mehr.

Der Mann nimmt eine Flasche Wein, ein Glas. Er trinkt. Er spricht nicht mehr.

Der Fremde weiß offenbar, daß der Mann von sich aus nicht mehr mit ihm reden wird. Der Fremde spricht, er fragt nicht, er sagt: »Sie haben sich am Finger verletzt.«

Der Mann hebt seinen Finger hoch und betrachtet ihn.

»Ein Finger ist ab, das heißt, beinahe, das erste Glied. Er ist unter eine Presse gekommen.«

Zum ersten Mal spricht das Kind, es wird rot und nimmt einen Anlauf, es sagt in einem Zug: »Sein Finger war platt wie Zigarettenpapier, in der Fabrik gibt es noch eine, die kam mit der ganzen Hand drunter, man hat ihr die Hand abgeschnitten.«

Der Fremde läßt den kauenden Mund nicht mehr aus den Augen. Die Augen des Kindes sind ebenfalls begierig, alles zu sehen. Es wendet den Blick nicht mehr von den beiden Männern. Der Mann spricht noch einmal.

»Das sind schwere Dinger«, sagt der Mann, »zwei Tonnen... und in den Arsenalen gibt es fünf Tonnen schwere... dicke Brocken...«

Das kleine Kind schreit. Ein einziger Schrei. Ein Alptraum. In der Tür einer Baracke erscheint eine junge Frau, sie ruft: – »Marcel!« – Das Kind steht auf und sieht die Frau an. – »Es ist nichts.« Alle schweigen. Der Kleine ist wieder eingeschlafen.

Der Mann hat seine Bohnen aufgegessen und holt ein Stück Käse aus dem Brotbeutel. Er schneidet ein kleines Stück Käse ab und legt es auf sein Brot. Er schneidet das Stück des Brotes ab, auf dem sein Käse liegt. Er ißt, immer noch mit der gleichen zeitlupenhaften, aber leichten, unwiderstehlichen Langsamkeit. Das Kind sagt: »Ich hätte es nicht geglaubt, aber du wirst gerade noch genug Brot haben für den Käse.«

Das Kind ist beunruhigt wegen des Schweigens des Mannes, der Käse ißt. Nicht wegen des Schweigens des Fremden. Es beobachtet den Mann, Lucien.

»Das ist furchtbar«, sagt der Fremde schließlich.

Der Mann wendet sich dem Fremden zu. Er lächelt nicht mehr. Das Kind begreift, daß der Mann, Lucien, anfängt, etwas zu befürchten. Der Fremde sagt: »Sie tun wieder die gleiche Arbeit.«

Der Fremde denkt nicht über das nach, was er sagt, er

spricht mechanisch, aber anstatt zu schweigen, anstatt zu sterben. Er hält etwas in sich verschlossen, was er nicht sagen, nicht preisgeben kann. Und zwar, weil er es nicht kennt. Er weiß nicht, wie man vom Tod spricht. Er steht sich selbst gegenüber, wie der Mann und das Kind ihm gegenüberstehen. Der Mann und das Kind wissen es. Der Mann wird anstelle des Fremden reden, aber ebensogut könnte er schweigen. Alle diese Anstrengungen werden unternommen, um das Schweigen, die Stille zu entfernen. Eines ist sicher. Wenn das Schweigen nicht von den beiden Männern beseitigt wird, würde eine für alle, die Kinder, den Fremden, den Mann, gefährliche Phase beginnen. Das Wort, das sich als erstes einstellt, um es auszusprechen, ist das Wort Wahnsinn.

»Ja, ich tue wieder die gleiche Arbeit«, sagt der Mann. »Letztes Jahr war ich bei der Vernietung. Ich ziehe die Presse vor. Das ist Geschmacksache. Ich finde, daß die Arbeit an der Presse nicht so monoton ist. Vielleicht ist sie das deshalb nicht, weil sie gefährlich ist. Sie ist vielleicht härter, aber man hat sein Werkstück für sich, seine Maschine für sich. Ich ziehe das vor.«

Der Fremde sitzt wieder da und hört, ohne zuzuhören, schaut, ohne zu sehen.

»An der Presse«, fährt der Mann fort, »kommt es zwar auch vor, daß wir zu mehreren sind, aber das ist ganz anders, man sieht, wie das Werkstück entsteht. Nebenan, bei der Vernietung, das ist ein wenig . . . wie soll ich sagen . . . eine Detailarbeit, die Endbearbeitung. Es ist nicht so persönlich. Und außerdem ist man nie allein, immer in der Gruppe. Manchmal ist man auch gern allein.«

Der Mann ist beim Sprechen auf eine Genauigkeit

bedacht, die das Kind entzückt. Die Freundlichkeit und die Güte sind von dem Mann gewichen. Er spricht jetzt, um zu verhindern, daß der Fremde spricht. Der Fremde antwortet nicht.

Das Kind stößt in einer Art von plötzlichem Glück einen Schrei aus. Dieses Glück hat etwas zu tun mit der neuen Haltung des Mannes gegenüber dem Fremden.

Der Mann lächelt mit einer leichten Ironie, der Blick seiner blauen Augen ist hart und streng geworden.

»Sie sind vielleicht in der eisenverarbeitenden Industrie tätig«, sagt der Mann, »wer weiß.«

Der Fremde lächelt wie der Mann, spöttisch, aber er antwortet nicht. Er sagt: »Nein.«

In den Gebärden des essenden Mannes ist ein kleiner Stillstand eingetreten, und das Schweigen kehrt zurück. Und die Furcht kommt näher, wird dichter. Das Kind versteht nichts von dem, was kommt. Es fühlt sich verlassen.

Der Mann holt eine Literflasche und ein Glas aus seinem Brotbeutel. Und dann trinkt er einen, zwei, dann drei große Schlucke Wein. Als er fertig ist, reicht er die Literflasche dem Kind.

»Da, trink einen Schluck.«

Das Kind trinkt, es schneidet eine Grimasse, es schluckt den Wein nur mühsam hinunter. Der Fremde sieht auf, und er sagt:

»Sie geben ihm Wein . . . einem Kind?«

»Ja, ich gebe ihm Wein . . . warum? Haben Sie etwas dagegen?« Der Fremde sieht den Arbeiter an. Sie sehen sich an. Der Fremde sagt: »Nein.«

Der Mann zieht wieder seine Uhr hervor, schaut darauf und steckt sie dann wieder in die Westentasche. Dann nimmt er ein Päckchen Gauloises. Der Kleine ist wieder wach geworden. Der Junge geht zum Sportwagen und beginnt von neuem, ihn herumzufahren, wobei er die beiden Männer nicht aus den Augen läßt.

Der Fremde dreht sich plötzlich um, als sei er erschrocken. Ohne sichtbaren Grund. Dann verfällt er wieder in sein Schweigen. Der Mann sagt: »Ich habe noch eine Viertelstunde Zeit, genug, um eine Zigarette zu rauchen.«

Der Mann reicht dem Fremden sein Zigarettenpäckchen.

»Danke«, sagt der Fremde, »ich habe welche bei mir.«

Der Fremde zieht nun ebenfalls ein Zigarettenpäckchen aus der Tasche. Der Mann reicht ihm ein qualmendes Feuerzeug, seine Hand zittert ein wenig.

Sie rauchen, ohne miteinander zu reden. Dann hat es den Anschein, als sehe der Arbeiter etwas vor sich in der Ferne, aber nein. Er raucht mit tiefem Behagen. Die Angst kommt und geht. Und da ist sie. Der Mann schnuppert in der Luft und sagt diesen Satz: »Sie rauchen eine englische Zigarette.«

Der Fremde antwortet nicht, er versteht nicht, er sagt: »Was wollen Sie damit sagen?«

Der Mann sieht den Fremden so an, wie der ihn vorhin angesehen hat. Er antwortet nicht.

Die beiden Männer schweigen. Das Kind vergißt sie allmählich. Es trällert ein Schulliedchen. Der Fremde spricht mit dem Mann: »Sind Sie zufrieden?«

Der Mann sieht ihn an: »Wovon sprechen Sie?«

Der Fremde denkt nach, er überlegt, wovon er spricht, es fällt ihm nicht ein.

»Ich weiß nicht.«

Vor dem Fremden steht ein Büschel blühender Brennnesseln. Die Pflanze steht mitten auf dem Weg, rund, als Busch, boshaft und feurig. Der Fremde beugt sich vor, er bricht einen Stengel der Pflanze ab und zerreibt ihn in der Hand. Er schneidet eine Grimasse, er wirft die Brennessel fort, er reibt seine verbrannten Hände. Man hört das Lachen des Kindes. Der Mann hat vollständig aufgehört zu rauchen. Der Fremde errät, daß er ihn anschaut, er beugt sich weiterhin über die Brennessel, dann entschließt er sich plötzlich, er hebt den Kopf, und er spricht, er sagt: »Entschuldigen Sie bitte.«

Das Kind lacht immer noch. Es kugelt sich vor Lachen. Der Mann sagt zu ihm, es solle aufhören. Das Kind hört ganz plötzlich zu lachen auf, es hat Angst, von dem Mann fortgejagt zu werden. Der Mann fragt: »Haben Sie noch nie Brennesseln gesehen?«

Jetzt ist der Mann wütend. Seine Angst ist verflogen. Er hat sich vor dem Fremden aufgerichtet.

»Das ist es nicht«, sagt der Fremde, »aber ich vermag sie nicht wiederzuerkennen.«

Der Mann wirft seine Zigarette fort, sie fällt in eine Sonnenpfütze. Er nimmt sich eine andere. Er wartet nicht mehr darauf, daß der Fremde spricht. Er sieht aus, als habe er vergessen, zur Arbeit zu gehen. Er sieht den Fremden nicht mehr an. Er denkt an ihn, an den Fremden, wie an ein Ereignis, das jetzt vergangen ist, unerreichbar und unnütz. Der Fremde spricht nicht mehr. Er hat seine Haltung wieder eingenommen. Er sitzt immer noch da mit gesenktem Kopf, auf den Tod gerichtet. Und der Mann treibt instinktiv und langsam der Todeszone entgegen, in der sich der Fremde befindet. Er sagt: »Während der Besatzung bin ich hier geblieben, ich habe nie die Gegend verlassen.«

Der Fremde hat sich nicht gerührt. Der Mann läuft jetzt um ihn herum, macht einige Schritte, kommt wieder zurück, zeigt auf die Stadt. Er sagt: »Es sind jetzt acht Tage her, daß es vorbei ist. Was man von Zeit zu Zeit noch hört, sind die Schützen auf den Dächern, aber es gibt immer weniger davon.«

Die Sirene ertönt von neuem, das Kind ruft:

»Lucien, es ist Zeit.«

»Ich gehe«, sagt Lucien.

Lucien ist unschlüssig. Er geht, er kommt, er blickt auf die Stadt, und dann sagt er zu dem Kind: »Du gehst jetzt nach Hause.«

Das ganze kleine Gesicht des Kindes zieht sich unter der Anstrengung zusammen, etwas von dem zu begreifen, was sich zwischen dem Mann und dem Fremden abspielt. Aber das Kind gehorcht. Es geht nach Hause. Es geht den Sportwagen holen, und es kehrt zur Baracke zurück, wo seine Mutter einen Augenblick zuvor war. Der Mann wartet, bis es verschwunden ist, bevor er ebenfalls geht.

Der Fremde hat sich nicht gerührt.

Er sitzt immer noch da, den Kopf auf den Boden gesenkt, die Hände gefaltet, die Arme auf die Knie gelegt.

Er nimmt jetzt den Weg ganz allein ein. Für ihn allein diese Wüste, dieser Weg.

Als es ihn aus der Ferne betrachtet, durch das Fenster der Baracke, kommt dem Kind der Gedanke, daß der Fremde vielleicht tot ist, gestorben durch einen wundersamen Tod, ohne den Anschein eines Ereignisses, ohne Totengestalt.

Aurélia Paris

*Dies ist erfunden. Es ist die irre Liebe zu dem kleinen, verlasse-
nen jüdischen Mädchen.*

Ich war immer versucht, Aurélia Paris *für die Bühne umzu-
schreiben. Ich habe es für Gérard Desarthe getan. Er hat den
Text im Januar 1984 zwei Wochen lang im kleinen Saal des
Théâtre du Rond-Point ganz wunderbar gelesen.*

Heute ist der Wald hinter den Fensterscheiben, und der Wind ist gekommen. Die Rosen waren dort, in jenem anderen Land im Norden. Das kleine Mädchen kennt sie nicht. Es hat nie die Rosen gesehen, die jetzt verwelkt sind, und auch nicht die Felder und auch nicht das Meer.

Das kleine Mädchen steht am Fenster des Turms, es hat die schwarzen Vorhänge leicht beiseitegeschoben, und es betrachtet den Wald. Der Regen hat aufgehört. Es ist fast Nacht, doch hinter der Fensterscheibe ist der Himmel noch blau. Der Turm ist viereckig, sehr hoch, aus schwarzem Beton. Das kleine Mädchen ist im obersten Stockwerk, es sieht hier und da andere Türme, ebenfalls schwarz. Es ist nie in den Wald hinuntergegangen.

Das kleine Mädchen tritt vom Fenster zurück und beginnt ein seltsames Lied zu singen in einer Sprache, die es nicht versteht. Man sieht noch deutlich im Zimmer. Es betrachtet sich im Spiegel. Es sieht schwarze Haare und die Helligkeit der Augen. Die Augen sind von einem sehr dunklen Blau. Das kleine Mädchen weiß es nicht. Ebensowenig weiß es, daß es immer das Lied gekannt hat. Es erinnert sich nicht, es gelernt zu haben.

Jemand weint. Es ist die Dame, die auf das kleine Mädchen aufpaßt, die es wäscht und die ihm zu essen gibt. Die Wohnung ist groß, fast leer, fast alles ist verkauft worden. Die Dame sitzt in der Diele auf einem Stuhl, neben sich einen Revolver. Das kleine Mädchen hat sie immer so gekannt, wie sie dort auf die deutsche Polizei wartet. Tag und Nacht, das kleine Mädchen weiß nicht, seit wievielen Jahren die Dame wartet. Das kleine Mädchen weiß nur dies: sobald sie das Wort ›Polizei‹ hinter der Tür hört, wird die Dame die Tür öffnen und alle töten, zuerst die andern und dann sie beide.

Das kleine Mädchen geht die schwarzen Doppelvorhänge zuziehen, dann geht es zu seinem Bett, es knipst die kleine Lampe auf seinem Schreibtisch an. Unter der Lampe die Katze. Sie richtet sich unter dem Licht auf. Um sie herum liegen durcheinander die Zeitungen über die letzten Operationen der deutschen Wehrmacht, mit deren Hilfe die Dame dem kleinen Mädchen das Schreiben beigebracht hat. Neben der Katze, ausgestreckt und steif, ein staubfarbener toter Schmetterling.

Das kleine Mädchen setzt sich der Katze gegenüber aufs Bett. Die Katze gähnt, streckt sich und setzt sich nun ebenfalls dem Mädchen gegenüber. Sie sind in gleicher Augenhöhe. Sie schauen. Und jetzt das jüdische Lied, das kleine Mädchen singt es für die Katze. Die Katze legt sich auf den Tisch, und das kleine Mädchen streichelt sie, hört ihr zu. Dann nimmt es den toten Schmetterling, es zeigt ihn der Katze, sieht ihn mit einer spaßhaften Grimasse an, und dann singt es noch einmal das jüdische Lied. Dann sehen sich die Katze und das kleine Mädchen noch einmal in die Augen.

Mitten aus dem Himmel herunter ist er plötzlich da. Der Krieg. Der Lärm. Vom Flur aus ruft die Dame, die Vorhänge vorzuziehen, es nicht zu vergessen. Die dicken Stahlbrummer fangen an über den Wald hinzufliegen. Die Dame ruft:

»Sprich mit mir.«

»Noch sechs Minuten«, sagt das kleine Mädchen. »Schließ die Augen.«

Das Dach des Lärms, der näherkommt, die Todeslast, die Bäuche voller Bomben, glatt, nahe daran, sich zu öffnen.

»Sie sind da. Schließ die Augen.«

Das kleine Mädchen betrachtet seine kleinen, mageren Hände auf der Katze. Sie zittern wie die Wände, die Fensterscheiben, die Luft, die Türme, die Bäume des Waldes. Die Dame ruft: »Komm her.«

Sie fliegen immer noch vorbei. Sie sind ein wenig später da, als das kleine Mädchen gesagt hat. Mitten im lautesten Lärm ganz plötzlich der andere Lärm. Der Lärm der Geschosse der leichten Flak.

Nichts fällt vom Himmel, kein Fallschirm, kein Geheul. Die intakte Masse des Luftgeschwaders gleitet über den Himmel.

»Wo fliegen sie hin?« schreit die Dame.

»Berlin«, sagt das kleine Mädchen.

»Komm her.«

Das kleine Mädchen durchquert das schwarze Zimmer. Da ist sie, die Dame. Dort ist es hell. Dort kein Fenster, keine Öffnung nach draußen, es ist das Ende des Flurs, die Eingangstür, von dort müssen sie herkommen. Eine Glühlampe, die an der Wand hängt, beleuchtet den Krieg. Die alte Dame ist da, um auf das Leben des Kindes achtzugeben. Sie hat ihr Strickzeug auf die Knie gelegt. Man hört nichts mehr, nur noch, weit weg, den sich entfernenden Geschützlärm. Das kleine Mädchen setzt sich zu Füßen der Dame, es sagt: »Die Katze hat einen Schmetterling getötet.«

Die Dame und das kleine Mädchen sitzen lange eng umschlungen beisammen und weinen und schweigen fröhlich wie jeden Abend. Die Dame sagt: »Ich habe wieder geweint, ich weine jeden Abend über den wunderbaren Irrtum des Lebens.«

Sie lachen. Die Dame streichelt die Seidenhaare, die schwarzen Locken. Der Lärm entfernt sich immer weiter.

Das kleine Mädchen sagt: »Sie haben den Rhein überflogen.«

Es gibt nur noch das Geräusch der Windböen im Wald. Die Dame hat vergessen.

»Wohin fliegen sie?«

»Berlin«, sagt das Kind.

»Stimmt ja, stimmt ja . . .«

Sie lachen. Die Dame fragt:

»Was wird aus uns werden?«

»Wir werden sterben«, sagt das Kind, »du wirst uns umbringen.«

»Ja«, sagt die Dame — sie hört auf zu lachen — »dir ist kalt.« Sie berührt den Arm.

Das kleine Mädchen antwortet der Dame nicht, es lacht. Es sagt:

»Die Katze, ich nenne sie Aranacha.«

»Aranachacha«, wiederholt die Dame.

Das kleine Mädchen lacht ganz laut. Die Dame lacht mit ihm, und dann schließt sie die Augen und berührt den kleinen Körper.

»Du bist mager«, sagt die Dame, »deine kleinen Knochen unter der Haut.«

Das kleine Mädchen lacht zu allem, was die Dame sagt. Das ist oft so am Abend, das kleine Mädchen lacht über alles, was kommt.

Und dann fangen sie auf einmal an, das jüdische Lied zu singen. Dann erzählt die Dame: »Außer diesem weißen Baumwollviereck, das auf die Innenseite deines Kleides aufgenäht war, wissen wir nichts von dir. Es standen die Buchstaben A. S. drauf und ein Geburtsdatum. Du bist sieben Jahre alt.

Das kleine Mädchen lauscht in die Stille. Es sagt: »Sie

sind über Berlin angekommen« – es wartet – »es ist geschafft.«

Es stößt die Dame brutal zurück, es versetzt ihr einen Schlag, dann steht es auf und geht weg. Durchquert die Flure, stößt nirgends an. Die Dame hört es singen.

Von neuem die Flakgeschütze gegen den Stahl der blauen Flugzeugkörper. Das kleine Mädchen ruft die Dame: »Auftrag erfüllt«, sagt das kleine Mädchen. »Sie kommen zurück.«

Der Lärm nimmt zu, geordnet, langanhaltend, eine unaufhörliche Flut. Nicht so schwer wie auf dem Hinweg.

»Nicht ein einziger ist getroffen worden«, sagt das kleine Mädchen.

»Wieviele Tote?« fragt die Dame.

»Fünfzigtausend«, sagt das kleine Mädchen.

Die Dame klatscht Beifall.

»Was für ein Glück«, sagt die Dame.

»Sie haben den Wald überflogen«, sagt das kleine Mädchen, »sie fliegen zum Meer.«

»Was für ein Glück, was für ein Glück«, sagt die Dame.

»Hör zu«, sagt das kleine Mädchen, »sie werden übers Meer fliegen.«

Sie warten.

»Es ist geschafft«, sagt das kleine Mädchen, »sie haben das Meer überflogen.«

Die Dame spricht ganz allein. Sie sagt, daß alle Kinder getötet würden. Das kleine Mädchen lacht. Es sagt zur Katze:

»Sie weint. Sie tut das, damit ich zu ihr komme. Sie hat Angst.«

Das kleine Mädchen schaut in den Spiegel und spricht

mit sich: »Ich bin Jüdin«, sagt das kleine Mädchen, »Jüdin.«

Das kleine Mädchen tritt nahe an den Spiegel heran und sieht sich an: »Meine Mutter hatte ein Geschäft in der Rue des Rosiers in Paris.«

Sie zeigt zum Flur hin: »Sie hat es mir gesagt.«

Das kleine Mädchen spricht mit der Katze, es spricht.

»Manchmal will ich sterben«, sagt das kleine Mädchen – es sagt weiter – »mein Vater, ich glaube, er war ein Reisender, er kam aus Syrien.«

Aus der Tiefe des Außenraums das Wiedereinsetzen des Getöses. Das kleine Mädchen ruft: »Sie kommen zurück.«

Die Dame hat die zweite Todesladung gehört. Sie warten.

»Wohin geht's diesmal?«

Das kleine Mädchen schließt die Augen, um besser zu hören. Es sagt: »Nach Düsseldorf.«

Das kleine Mädchen hat seinen Kopf in den Händen versteckt, es hat Angst. In der Ferne sagt die Dame aus dem Flur die Liste der Pfälzer Städte auf, sie bittet Gott um das Massaker der deutschen Bevölkerung.

»Ich habe Angst«, sagt das kleine Mädchen.

Die Dame hat nicht gehört.

Die Katze hat sich davongemacht, sie ist im lichtlosen Flur, dort, wo der Lärm nicht so laut ist.

»Ich habe Angst«, sagt das kleine Mädchen noch einmal.

»Sind es viele?« fragt die Dame.

»Tausend«, sagt das kleine Mädchen. »Sie sind da.«

Es ist geschafft, sie haben den Wald erreicht. Sie fliegen darüber hinweg. Das Licht geht aus.

»Ich möchte, daß sie herunterfallen«, schreit das kleine Mädchen, »ich möchte, daß es vorbei ist.«

Die Dame ruft dem kleinen Mädchen zu, es solle den Mund halten, das sei eine Schande.

Die Dame betet, sie sagt mit ganz lauter, irrer Stimme ein Gebet auf, das sie in der Kindheit gelernt hat. Und dann schreit das Kind plötzlich im Dunkeln: »Der Wald.«

Plötzlich das Ende der Welt, das gellende Pfeifen, das herabstürzt, der Knall, das Gebrüll, und dann der Feuerschein, das Licht.

Obendrüber die Bomberstaffel fliegt weiter.

Das abgestürzte Flugzeug wird zurückgelassen.

Das kleine Mädchen hebt den Vorhang hoch und betrachtet das Feuer. Es ist nicht weit vom Turm entfernt.

Das kleine Mädchen sucht die Gestalt des englischen Fliegers. Die Dame schreit in der Dunkelheit: »Komm, komm her zu mir.«

Das kleine Mädchen geht.

»Es ist ein englisches Flugzeug, es ist genau dort abgestürzt«, sagt das kleine Mädchen.

Es sagt, daß der Wald brennt, genau dort, unterhalb des Turms, ein wenig dahinter. Daß alles wie ausgestorben ist, abgesehen vom Feuer.

Das kleine Mädchen möchte zu dem abgestürzten Flugzeug gehen. Die Dame sagt, daß sie das, daß sie so etwas nicht sehen will. Das kleine Mädchen besteht darauf, es sagt, der Flieger ist tot, nein, es ist nur Feuer, sie solle kommen.

Die Dame weint, sie sagt, es lohnt sich nicht.

»Wenn ich das gewußt hätte, ach was, reden wir nicht mehr davon, zumal ich nichts gegen dieses kleine Mädchen habe . . . nichts . . . es wäre mir lieber gewesen, wenn

sich Juden um es kümmerten und außerdem jüngere . . .
aber wie? . . . Beide nachts abgereist, ein Zug mit dreizehn
Güterwagen, aber wohin abgereist? Und was tun, um zu
beweisen, daß es ihr Kind ist? Wie? . . . wenn sie wiederkommen, es bestätigen, warum nicht? . . . es wächst zu
schnell, das kleine Mädchen, es heißt, das läge an der
mangelnden Ernährung . . . sieben Jahre alt nach dem
kleinen, weißen Viereck am Kleid . . .«

Das kleine Mädchen hört der Dame zu. Manchmal
bricht es in Lachen aus, und die Dame wird wach. Sie
fragt, was los ist, wer gesprochen hat und wohin sie
geflogen sind.

»Mannheim«, sagt das kleine Mädchen, »oder Frank-
furt, oder München, oder Leipzig oder Berlin« – es hält
inne – »oder auch Nimwegen.«

Die Dame sagt, daß sie das kleine Mädchen sehr mag.
Dann schweigt sie. Dann sagt sie wieder, daß sie es so sehr
mag. Das kleine Mädchen schüttelt sie sacht. Es sagt:

»Sie ist also die Treppe hinaufgelaufen, sie trug ein
kleines Mädchen.«

»Richtig.«

»Wer?«

»Deine Mutter«, sagt die Dame.

»»Nehmen Sie die Kleine, ich habe eine dringende Besorgung zu machen««, sagt das kleine Mädchen.

»Richtig, ›ich habe eine dringende Besorgung zu machen, ich bin in zehn Minuten wieder zurück‹.«

»Lärm im Treppenhaus?«

»Ja. Die deutsche Polizei.«

»Dann nichts mehr?«

»Nichts mehr.«

»Nie nie wieder?«

»Nie wieder.«

Das kleine Mädchen legt den Kopf auf die Knie der Dame, damit ihm die Dame das Haar streichelt.

Die Dame streichelt das Haar des kleinen Mädchens, wie es das wünscht, ganz fest, und sie erzählt ihm von ihrem eigenen Leben. Dann hält ihre Hand inne. Sie fragt:

»Na, wo sind sie jetzt, diese Leute?«

»Lüttich«, sagt das kleine Mädchen, »sie fliegen heim.«

Das kleine Mädchen fragt die Dame: »Der, der umgekommen ist, wer war das?«

Die Dame erzählt eine Geschichte von einem englischen Flieger.

Das kleine Mädchen drückt die Dame fest in seine Arme. Die Dame beklagt sich.

»Halt mich fest, halt mich fest«, sagt das kleine Mädchen.

Die Dame strengt sich an und streichelt das Haar des kleinen Mädchens, dann ist der Schlaf stärker. Von Station zu Station melden die Sirenen in der Stadt das Ende des Fliegeralarms.

»Sag mir seinen Namen«, sagt das kleine Mädchen.

»Wessen Namen?« fragt die Dame.

»Von wem du willst.«

»Steiner«, sagt die Dame. »Das ist der Name, den die Polizei rief.«

Die Katze. Sie kommt aus einem Zimmer nebenan.

»Sie sind zurückgekommen«, sagt das kleine Mädchen, »sie werden übers Meer fliegen.«

Das kleine Mädchen beginnt die Katze zu streicheln, zuerst zerstreut, dann immer heftiger. Es sagt: »Sie hat auch eine Fliege gefressen.«

Die Dame lauscht. Sie sagt:

»Man hört sie gar nicht zurückkommen.«

»Sie sind in nördlicher Richtung zurückgeflogen«, sagt das kleine Mädchen.

An den Fensterscheiben schon der Tag. Er dringt in den Flur des Krieges ein.

Die Katze legt sich auf den Rücken, sie schnurrt von dem irren Verlangen nach Aurélia. Aurélia schmiegt sich an die Katze. Sie sagt: »Meine Mutter hieß Steiner.«

Aurélia legt ihren Kopf auf den Bauch der Katze. Der Bauch ist warm, er enthält das gewaltige Schnurren der Katze, ein vergrabener Kontinent.

»Steiner, Aurélia. Wie ich.«

Immer noch dieses Zimmer, in dem ich Ihnen schreibe. Heute gab es hinter den Fensterscheiben den Wald, und der Wind war gekommen.

Die Rosen sind verwelkt in diesem anderen Land des Nordens, Rose um Rose, vom Winter dahingerafft.

Es ist Nacht. Jetzt sehe ich die geschriebenen Wörter nicht mehr. Ich sehe nur noch meine reglose Hand, die aufgehört hat, Ihnen zu schreiben. Aber hinter der Fensterscheibe ist der Himmel noch blau. Wäre das Blau der Augen Aurélias dunkler gewesen, wissen Sie, vor allem am Abend, dann hätte er seine Farbe verloren, um klare und bodenlose Dunkelheit zu werden.

Ich heiße Aurélia Steiner.

Ich wohne in Paris, wo meine Eltern Lehrer sind.

Ich bin achtzehn Jahre alt.

Ich schreibe.